ELEANOR H. PORTER

POLLANA
moça

TRADUÇÃO:
Monteiro Lobato

Edição Revista e Atualizada

COPYRIGHT © FARO EDITORIAL, 2023
COPYRIGHT © ELEANOR H. PORTER (1868 - 1920) — DOMÍNIO PÚBLICO
COPYRIGHT © MONTEIRO LOBATO (1882 - 1948) — DOMÍNIO PÚBLICO

Todos os direitos reservados.
Nenhuma parte deste livro pode ser reproduzida sob quaisquer meios existentes sem autorização por escrito do editor.

Milkshakespeare é um selo da Faro Editorial.

Diretor editorial **PEDRO ALMEIDA**
Coordenação editorial **CARLA SACRATO**
Assistente editorial **LETÍCIA CANEVER**
Preparação **JOÃO PEDROSO**
Revisão **MARINA MONTREZOL E CRIS NEGRÃO**
Capa e diagramação **REBECCA BARBOZA**
Ilustrações de capa **FORTIS DESIGN | SHUTTERSTOCK**

Dados Internacionais de Catalogação na Publicação (CIP)
Jéssica de Oliveira Molinari CRB-8/9852

Porter, Eleanor H., 1868-1920
Poliana moça / Eleanor H. Porter ; tradução de Monteiro Lobato. -- São Paulo : Faro Editorial, 2023.
96 p.

ISBN 978-65-5957-400-1
Título original: Pollyanna grow's up

1. Literatura infantojuvenil norte-americana I. Título Lobato,-Monteiro

23-2313   CDD 028.5

Índices para catálogo sistemático:
1. Literatura infantojuvenil norte-americana

1ª edição brasileira: 2023
Direitos de edição em língua portuguesa, para o Brasil, adquiridos por **FARO EDITORIAL**.

Avenida Andrômeda, 885 — Sala 310
Alphaville — Barueri — SP — Brasil
CEP: 06473-000
www.faroeditorial.com.br

1
REVELAÇÕES DE DELLA

Dona Della Wetherby desceu correndo a escadaria da residência de sua irmã, na avenida Commonwealth, e apertou com firmeza o botão da campainha. Ela irradiava saúde, felicidade e confiança. Até mesmo as palavras dirigidas à mulher que veio recebê-la vibravam com uma intensa alegria de viver.

— Bom dia, Mary. Minha irmã está em casa?

— Es... está, sim, senhora — foi a resposta hesitante. — Mas me disse que não quer receber ninguém.

— Acho que não sou ninguém — disse dona Wetherby, sorrindo. — Não precisa ficar preocupada, eu assumo a responsabilidade de tudo, que tal? — disse ainda, vendo a indecisão medrosa da empregada. — Ela está na sala?

— Sim, senhora, mas...

Dona Wetherby já estava no meio da ampla escada e foi com uma leve ruga de contrariedade na testa que a empregada fechou a porta. Lá em cima, no hall, sem a menor hesitação, foi até uma porta entreaberta e bateu.

— Ah, Mary! — respondeu uma voz repreensiva. — Já falei que... Ah, é você, Della! — E a voz se acalmou, demonstrando carinho e surpresa. — Veio de onde, querida?

— Da beira-mar — respondeu a moça, sorrindo e já dentro do quarto. — Vim passar o domingo em companhia de duas enfermeiras e depois volto ao centro de recuperação. Não pretendo demorar. Vim para isto. — E deu um beijo afetuoso na irmã.

Dona Ruth Carew recuou um tanto friamente. A alegria passageira que tinha iluminado seu rosto ao ver a irmã cedeu lugar a uma irritação, que basicamente ficava ali o tempo inteiro.

— Não me surpreende que seja uma visita rápida, Della — disse dona Carew de propósito.

A moça riu, mas, de repente, mudou o tom de voz e de expressão e encarou a irmã com um olhar sério, embora carinhoso.

— Ruth, minha querida, seria impossível para mim viver nesta casa. Você sabe.

— Não sei, não — respondeu dona Carew com voz seca.

— Sabe, sim — insistiu Della, meneando a cabeça. — Não me sinto bem nessa solidão e com essa sua insistência de continuar na tristeza.

— Mas eu sou triste mesmo!

— Pois não deveria ser.

— Por que não? Por que eu deveria mudar?

Della Wetherby fez um gesto de impaciência.

— Ruth, não se esqueça de que você tem apenas trinta e três anos e uma ótima saúde, melhor dizendo, poderia ter uma ótima saúde, caso se cuidasse. Além do mais, é rica. Por que se afundar nesta casa, que mais parece um túmulo, e mandar a empregada dispensar todo mundo em vez de sair para um passeio num dia tão lindo como hoje?

— Não quero ver ninguém.

— Mas é preciso contrariar essa disposição.

Dona Carew suspirou cansada e meneando a cabeça.

— Por que você nunca me entende, Della? Você bem sabe que não possuo o seu temperamento. Eu não consigo esquecer.

Uma expressão de dor tomou conta do rosto de dona Wetherby.

— Você está falando de Jamie, não é? É óbvio que não me esqueci dele, minha cara. Mas não é assim deprimida que vamos encontrá-lo.

— Como se eu já não o tivesse procurado por oito longos anos antes de cair nesta apatia! — disparou dona Carew com amargura na voz.

— Sei disso e não digo o contrário — declarou a outra. — E temos que continuar o procurando a vida inteira. Mas não desse jeito.

— Não tenho coragem para levar outra vida — murmurou tristemente Ruth Carew.

Ficaram em silêncio por alguns instantes. Della encarava a irmã com reprovação.

— Ruth — disse por fim, meio irritada —, você que me perdoe, mas quer mesmo continuar assim, apodrecendo na cama? Sei que é viúva, mas lembre-se de que seu casamento durou apenas um ano e de que seu marido era velho. Você era muito nova quando se casou e esse único ano casada deve parecer quase um sonho distante agora. Tenho certeza de que uma lembrança tão distante não iria aborrecê-la pela vida inteira.

— Não, não — suspirou dona Carew.

— Então você vai continuar assim para sempre?

— A não ser que encontre Jamie!

— Não há nada no mundo que possa deixá-la pelo menos um pouquinho feliz?

— Parece que não, não que eu consiga pensar — suspirou dona Carew indiferente.

— Ruth! — exclamou Della, impelida por algo semelhante a uma raiva súbita, mas logo em seguida se acalmou e deu uma gargalhada alta. — Ah, Ruth, minha vontade é de lhe dar uma dose de Poliana! Não conheço ninguém que precise tanto desse remédio.

— Bom, não sei o que é esse tal de Poliana, mas já garanto que não preciso desse remédio — retrucou dona Carew com uma firmeza arrogante. — Você trate de se lembrar que aqui não é seu centro de recuperação e que não sou nenhuma paciente, para andar recebendo prescrições médicas e recomendações.

— Poliana não é remédio, minha cara — respondeu Della com seriedade —, embora muita gente a considere um excelente xaropinho. Poliana não passa de uma menina.

— Uma criança? E como é que eu iria saber disso? — disse dona Carew, um tanto ofendida.

— Pois, se existe um remédio chamado beladona, poderia muito bem existir um chamado Poliana. Além do mais, você está me recomendando algum medicamento e falou em "dose" ainda por cima.

— Pois fique sabendo que Poliana é um medicamento, sim. Pelo menos uma espécie de medicamento — sorriu Della. — Os médicos lá do centro de recuperação dizem que ela é ainda melhor que qualquer remédio. Trata-se de uma menina aí, de uns catorze anos, que passou alguns meses lá conosco. Infelizmente só a conheci por pouco tempo, pois teve alta logo que eu entrei. Mas foi o bastante para eu sentir a belíssima influência. O centro de recuperação inteiro hoje brinca do jogo de Poliana.

— Jogo?

— Sim, jogo. O "jogo do contente". Nunca vou esquecer da primeira vez que ouvi falar dele. Poliana estava sendo submetida a um tratamento doloroso, aplicado todas as terças-feiras de manhã, e logo após a minha chegada isso ficou sob minha responsabilidade. Aceitei a tarefa bem contrariada, porque já sabia de antemão que de uma criança só poderia esperar má vontade e choro, na melhor das hipóteses. Mas para minha grande surpresa ela me recebeu com um sorrisão e foi logo dizendo que estava satisfeita em me ver; e o mais admirável foi que não soltou um pio durante todo o tratamento, embora fosse extremamente doloroso. — Dona Wetherby fez uma pausa e então continuou. — Não consegui esconder meu espanto, então ela explicou: "Já fui medrosa como as outras e eu sempre ficava apavorada quando pensava no tratamento, mas foi quando eu pensei que era igualzinho aos dias de lavar roupa com Nancy nas terças-feiras, porque só acontecia uma vez por semana."

— É extraordinário — comentou dona Carew, de testa franzida e sem ter entendido direito aquelas palavras. — Mas ainda não vi jogo nenhum.

— Foi o que aconteceu comigo a princípio. Mais tarde Poliana explicou. Filha de um ministro protestante, muito pobre e órfã de mãe, foi criada pelas moças da caridade. Quando era muito criança, quis uma boneca e esperou que fosse conseguir uma nas caixas de doações que a sociedade mandava ao missionário todos os meses; mas em vez de boneca recebeu um par de muletinhas.

Como criança que era, chorou de desapontamento. Foi então que o pai lhe ensinou que o meio de viver contente era procurar qualquer coisa alegre em tudo que lhe acontecesse. Vieram muletas? Ótimo. Deveria ficar contente de não precisar delas. Desde então, Poliana passou a jogar o "jogo do contente", e tanto mais bonito era o jogo quanto mais difícil fosse encontrar a alegria.

— Realmente extraordinário! — murmurou dona Carew.

— Você acharia ainda mais extraordinário se soubesse os resultados desse jogo lá no centro de recuperação. E segundo me contou o doutor Ames, Poliana já havia revolucionado a cidadezinha de onde viera. O doutor Ames é conhecido do doutor Chilton, marido da tia de Poliana, e, a propósito, creio que esse casamento aconteceu por intermédio da menina, que desfez uma briga de velhos namorados. — Dona Carew parecia interessada na história, desse modo, Della prosseguiu. — Há dois anos, mais ou menos, depois que perdeu o pai, Poliana foi morar na casa da tia. Em outubro, foi vítima de um acidente de automóvel e condenada a nunca mais andar. Em abril, o doutor Chilton internou-a no centro de recuperação, onde ficou até março, quase um ano, até poder voltar para casa praticamente recuperada. Apenas uma coisa a impediu de ficar completamente feliz: não poder voltar a pé. Na cidadezinha, a chegada de Poliana foi uma festa; receberam-na com desfiles e banda de música. Mas estou perdendo tempo falando dessa menina. O essencial é conhecê-la pessoalmente, e por isso venho sugerir a você uma dose de Poliana. Garanto os efeitos.

Dona Carew repuxou os lábios.

— Peço licença para não concordar — disse friamente. — Não pretendo ser "revolucionada" e não tenho "brigas de namorados" a serem desfeitas. De forma alguma eu toleraria uma dona Prim de rosto comprido me ensinando a ser agradecida. Jamais...

Uma sonora risada interrompeu-a bruscamente.

— Ah, Ruth! Faça-me o favor! Comparar dona Prim com Poliana! É uma pena a menina não estar aqui neste momento. E, como já disse, não adianta falar dela, o necessário é conhecê-la. Chamar Poliana de dona Prim! Até parece...

E deu outra gargalhada. De repente, porém, voltou a ficar séria e encarou a irmã com um olhar apreensivo.

— Querida, não há nada mesmo que possamos fazer? — questionou. — Você não pode continuar assim. É preciso se esforçar, sair, procurar amigas.

— Por que, se não me sinto disposta? Estou cansada de ver gente. Além disso, você sabe muito bem que a sociedade sempre me entediou.

— Por que não experimenta se ocupar com alguma coisa? Caridade, por exemplo.

Carew fez um gesto de impaciência.

— Della, quantas vezes já discutimos isso? Faço muita caridade. Acho até que doo demais, para quem não crê na pobreza.

— Mas se em lugar de dinheiro desse um pouquinho de si mesma, querida... — arriscou Della meigamente. — Se fosse possível interessar-se por algo, já seria um grande passo para a felicidade. Além do mais...

— Della — interrompeu dona Carew —, gosto de você e fico feliz quando a vejo aqui. Mas não vá achando que estou disposta a ouvir sermões. Talvez você se dê muito bem no papel de anjo da piedade, aliviando a dor alheia e curando os ferimentos dos que sofrem. Talvez isso a ajude a se esquecer de Jamie. Mas isso comigo não funciona. Muito pelo contrário, não consigo parar de pensar nele e fico sempre me perguntando se ele não deve estar precisando de alguém que lhe sirva de enfermeira. E, francamente, a ideia de ficar lidando com o povo não me anima nem um pouco.

— E você já tentou?

— Nunca — respondeu dona Carew, com um desdém orgulhoso.

— Pois antes de falar, experimente — retrucou a jovem enfermeira, erguendo-se entediada. — Preciso ir, Ruth. Nosso trem parte ao meio-dia e tenho que encontrar minhas colegas. Pelo visto minha presença aqui esgotou você — terminou com um beijo de despedida.

— Não estou esgotada, não. Só somos diferentes, só isso — suspirou dona Carew.

Um minuto depois, Della Wetherby deixava a sombria e silenciosa residência da irmã. Não saía com a mesma disposição com que entrara meia hora antes. O seu bom humor havia evaporado. Caminhou meio quarteirão praticamente se arrastando de tão desanimada.

— Uma semana naquela casa seria o bastante para me entristecer — disse para si mesma. — Nem Poliana conseguirá espantar a tristeza que reina lá.

Mas a descrença na habilidade de Poliana para melhorar a vida de sua irmã não foi duradoura. Logo depois de chegar ao centro de recuperação, Della recebeu uma notícia que a fez tomar de novo o trem para Boston, em procura da irmã. Encontrou tudo como deixara. Dona Carew parecia não ter se movido do lugar.

— Ruth, tive de vir e espero que desta vez você me escute — disse de imediato, após os cumprimentos. — Acho que encontrei uma solução para o seu caso. Ouça: há um jeito de Poliana vir passar um tempinho aqui. Tudo depende de você.

— Mas não quero — respondeu prontamente dona Carew.

Della Wetherby continuou a falar, sem dar a mínima importância à recusa da irmã.

— Ontem, quando voltei ao centro de recuperação, soube que o doutor Ames havia recebido uma carta do doutor Chilton, marido da tia de Poliana. Ele quer fazer uma viagem à Alemanha com a esposa, caso consiga convencê-la a deixar Poliana em algum colégio. Mas dona Chilton não quer deixar a menina ao cuidado de professoras. É aí que surge nossa oportunidade, Ruth. Minha ideia é que você receba Poliana durante este inverno e a matricule em alguma escola aqui perto.

— Que absurdo, Della! Era só o que faltava uma criança aqui para me dar trabalho.

— Poliana não dará o menor trabalho. Já deve estar com treze anos completos e tem mais juízo que muita gente grande.

— Não gosto de crianças precoces — disse dona Carew, rindo com maldade, o que deu ânimo à irmã para insistir com esforços redobrados.

Fosse a novidade do apelo ou o modo com que fora feito; fosse porque a história de Poliana tivesse tocado as cordas do coração de Ruth Carew; fosse por não ter coragem de recusar um tão insistente pedido da irmã; fosse lá o que fosse, o caso é que meia hora depois, ao despedir-se, Della Wetherby levava a promessa de Ruth Carew de receber Poliana em sua casa.

— Mas não esqueça — advertiu dona Carew — que se ela quiser me fazer engolir sermões goela abaixo, será devolvida na mesma hora, entendeu?

— Está bem, isso não me preocupa — disse a moça e saiu a murmurar de si para si: — Tenho meio caminho andado; resta a outra metade, conseguir a vinda de Poliana. Vou escrever uma carta que vai convencê-los. Poliana "precisa" vir, de qualquer jeito!

VELHOS AMIGOS

Em Beldingsville, naquele dia de agosto, dona Chilton esperou que Poliana se deitasse, para perguntar a opinião do marido sobre a carta recebida de manhã. Fora forçada a aguardar um momento oportuno, pois as horas de consultas do doutor Chilton e dois chamados urgentes haviam tomado todo o seu tempo.

Eram nove e meia quando o médico entrou na sala de estar. Sua aparência cansada se revigorou quando viu a esposa, ao mesmo tempo que uma pergunta lhe tomou a cabeça.

— O que houve, Poli? — questionou, certo de que havia algo de errado com ela.

— Uma carta. Mas não achei que você fosse perceber minha preocupação.

— Você não consegue esconder o que sente. O que foi?

Dona Chilton hesitou; depois apanhou um envelope que estava ao lado.

— Vou lê-la. É de uma tal de dona Wetherby, do centro de recuperação do doutor Ames.

— Leia depressa — pediu o marido, espichando-se no sofá, junto à cadeira em que a mulher estava.

Ela, entretanto, não se apressou. Levantou-se, e, com um cobertor de lã, cobriu as pernas do marido. Fazia apenas um ano que dona Chilton se casara e, como já tinha quarenta e dois anos, parecia às vezes que queria compensar todo o amor e ternura que guardara durante vinte anos de solidão. O médico, por sua vez, que completara quarenta e cinco anos no dia de núpcias, e que também teve uma vida de solteiro insípida e sem carinho, não negava os cuidados maternais da esposa. Gostava dos carinhos, embora tomasse cuidado para não demonstrar isso com muita frequência. Tinha descoberto que dona Poli passou tanto tempo solteira, que poderia muito bem entrar em pânico e passar a considerar besteira ser tão carinhosa assim, caso sua gentileza fosse recebida com muita estima. Então se contentou a acariciar a mão dela uma ou duas vezes quando ela acabou de cobrir-lhe as pernas e sentou-se para ler a carta.

Prezada dona Chilton: já é a sexta vez que tenho de escrever esta carta porque sempre acabo rasgando os rascunhos. Decidi, então, dizer de uma vez quais são minhas intenções. Preciso de Poliana. Será que é possível?

Conheci a senhora e o seu marido quando estiveram aqui em março, para levar Poliana de volta para casa, mas suponho que não se lembram de mim. Pedi ao doutor Ames (que me conhece muito bem) que escrevesse ao doutor Chilton, reforçando o meu pedido.

Sei que a única coisa que a impede de acompanhar seu esposo à Alemanha é não ter com quem deixar Poliana. É por isso que tomo a liberdade de sugerir que a deixe em nossa companhia. É um favor que peço, pelo seguinte motivo:

Minha irmã, dona Carew, leva uma existência extremamente infeliz. Vive a reclamar da solidão, insatisfeita, descontente de tudo. Só uma pessoa poderá fazê-la encontrar a alegria, levando um raio de sol à penumbra da sua existência. Essa pessoa é Poliana. Será que a senhora deixaria a menina fazer isso? Tentei explicar à minha irmã o que Poliana fez no centro de recuperação, mas não é tão fácil assim. Sem conhecê-la, impossível avaliar essa menina.

É por isso que desejo levá-la à minha irmã. Ela frequentará uma escola, é claro, mas ao mesmo tempo será como um remédio para o coração sofredor de minha irmã adoentada.

Não sei como terminar esta carta. Parece mais difícil ainda do que foi começá-la. Meu desejo era não a concluir nunca, continuar escrevendo sempre - para não lhe dar a oportunidade de dizer não. E, caso a senhora acabe querendo dizer essa palavra terrível, lembre-se de que ainda estou escrevendo sobre o quanto é necessária a presença de Poliana aqui.

Esperançosamente,
Della Wetherby

— Aí está — exclamou dona Chilton ao terminar a leitura. — Já viu uma carta escrita com maior habilidade ou um pedido mais absurdo?

— Não acho que seja assim tão absurdo pedir a companhia de Poliana — disse, sorrindo, o médico.

— Não acha esquisito o **modo como ela pediu**? Servir de remédio para o coração da irmã, como se Poliana fosse alguma espécie de cura.

O doutor riu com vontade.

— Não sei muito bem, mas acho que ela tem razão, Poli. Sempre lamentei não poder receitar para os meus doentes Poliana em comprimido ou em gotas. Charlie Ames diz que se tornou um hábito no centro de recuperação a prescrição de uma dose de Poliana aos pacientes recém-chegados, durante todo o tempo em que a tiveram lá.

— Uma dose? É inacreditável!

— Você acha que ela não deve ir, então?

— Claro que não. Você acha que seu sou capaz de entregar a menina a pessoas completamente estranhas assim? Ao voltarmos da Alemanha, poderíamos encontrá-la num frasco, rotulado e com todas as instruções sobre a maneira de usar o remédio.

De novo o médico sorriu e sacou do bolso um envelope.

— Recebi hoje pela manhã uma carta de Ames — disse ele com um tom estranho na voz. — Quer ouvi-la?

E leu:

Caro Tom: dona Della Wetherby e sua irmã me fizeram um pedido que não posso deixar de atender. Há muitos anos que conheço as Wetherbys. Descendentes de uma família tradicional e distinta, são moças extremamente educadas. Quanto a isso, não há o que temer.

Eram três irmãs – Doris, Ruth e Della. A primeira se casou contra a vontade dos pais com um moço chamado John Kent. Embora fosse de boa linhagem, Kent era excêntrico e um tanto insuportável. Com a relação estremecida, as duas famílias pouco se comunicavam, até a chegada de uma criança: Jamie. Os Wetherbys adoravam o pequeno. Doris faleceu quando o filho completou quatro anos, então os Wetherbys fizeram de tudo para conseguir a guarda da criança; mas Kent desapareceu de repente e o levou junto. Desde então, apesar de terem procurado muito, seu paradeiro continua desconhecido.

O choque daquela perda inesperada foi indiretamente a causa da morte dos velhos Wetherbys. O casal faleceu pouco tempo depois. Ruth, nessa época, já era viúva. O marido, seu Carew, um homem rico e muito mais velho, acabou batendo as botas um ano depois do casamento, deixando um filhinho que também faleceu pouco depois.

Desde que o pequeno Jamie sumiu, Ruth e Della só tiveram um objetivo na vida: encontrá-lo. Para isso gastaram horrores; não havia obstáculo capaz de impedi-las e cofre que não tenha sido esvaziado, mas de nada adiantou. No fim das contas, Della resolveu se tornar enfermeira e acabou virando uma ótima profissional. Hoje é uma das minhas auxiliares mais eficientes no centro de recuperação, embora não esqueça nunca o sobrinho desaparecido.

Com dona Carew, por outro lado, não foi bem assim. Após a morte do filho, parece que ela concentrou todo o seu desperdiçado e profundo amor maternal no sobrinho. Como é fácil imaginar, o desespero foi imensurável quando percebeu que também estava sendo privada de demonstrar esse afeto. Tudo isso aconteceu há oito anos – oito anos que para ela têm sido longos séculos de saudade, tédio e amargura. Tudo que o dinheiro pode comprar, ela tem à disposição. Nada, porém, consegue distraí-la, nada a interessa. Della acha que chegou a hora de tentar diminuir o sofrimento da irmã e acredita que só Poliana, com seu jeito adorável, é dona da chave mágica que lhe abrirá a porta de uma nova e saudável existência. Então, espero que você compreenda a situação com clareza e não negue o pedido da moça. Devo acrescentar que eu também particularmente apreciaria a sua boa vontade no caso. Ruth Carew e a irmã são boas e velhas amigas minhas e de minha esposa, por isso essa situação mexe tanto conosco.

De seu amigo,
Charlie

Ao fim da leitura seguiu-se um profundo silêncio, que o doutor Chilton quebrou com um calmo:

— E então, Poli?

O silêncio continuou. Enquanto olhava fixamente para o rosto da esposa, o médico notou que os seus lábios sempre firmes estavam agora trêmulos, e esperou pacientemente que ela falasse.

— Quando pensa que irão precisar dela? — perguntou por fim dona Poli.

— Quer dizer, então, que vai deixá-la ir para lá? — disse dr. Chilton com certa surpresa.

— Ora, Tom, mas que pergunta! O que mais poderia eu fazer depois de uma carta dessas?

O pedido veio do próprio doutor Ames, não veio? Depois do que esse homem fez por Poliana, não tenho o direito de recusar nada que ele peça.

— Espero que ele nunca se atreva a pedir você, então, minha Poli — murmurou Chilton com um sorriso terno.

Dona Poli disfarçou e disse:

— Pode escrever ao Ames, dizendo que mandaremos Poliana; e peça para que mande dona Wetherby entrar em contato comigo para combinarmos tudo. No começo do próximo mês já quero a menina bem instalada. Só então vou conseguir viajar em paz.

— Quando vai dar a notícia a Poliana?

— Talvez amanhã.

— O que vai dizer?

— Ainda não tenho certeza. Mas acredito que apenas o necessário. Não devemos deixá-la abusada, você sabe. Afinal, não há criança nesse mundo que não se torne insuportável, sabendo que... que...

— Que é um excelente vidro de remédio, com rótulo e tudo — acudiu o marido, sorrindo.

— Isso mesmo — disse a esposa, com um suspiro. — O que nos salva é a sua naturalidade e o fato de não saber o seu valor, embora não ignore que nós dois e quase toda a cidade adotamos o jogo do contente, e que nos tornamos imensamente felizes por causa dele.

A voz de dona Chilton tornara-se levemente trêmula.

— Mas se conscientemente deixasse de ser a criatura adorável, feliz e graciosa que é, sempre a jogar o jogo que aprendeu com o pai, iria se tornar uma criança insuportável. Portanto, não vou deixar transparecer que ela vai para a casa de dona Carew unicamente para curá-la — concluiu dona Chilton. — Não acha que tenho razão?

— Concordo com tudo — aplaudiu o marido.

No dia seguinte, dona Poli, ao informar a menina sobre a decisão tomada, começou com esta pergunta:

— Meu bem, diga para a tia, você gostaria de passar o inverno em Boston?

— Com a senhora?

— Não, porque resolvi acompanhar seu tio à Alemanha. Mas dona Carew, uma velha amiga do doutor Ames, convidou você para passar o inverno em sua casa, e não vejo por que não.

Poliana fez uma cara triste.

— Mas em Boston vou ficar longe de Jimmy, de seu Pendleton, de dona Snow, de todo mundo de que eu gosto, tia Poli!

— Lembre-se, minha querida, de que não os conhecia quando chegou aqui.

— É verdade, tia Poli — disse Poliana, com um sorriso e admirada. — Quer dizer que em Boston também há uma porção de Jimmies, de seus Pendletons e de donas Snows, que ainda não conheço e que estão à minha espera, não é?

— Isso mesmo.

— Então já tenho por que ficar feliz! Pelo visto a senhora já está mais prática no jogo do contente do que eu. Não me passou pela cabeça que pudesse haver pessoas em Boston à espera de que eu as fosse conhecer. E devem ser muitas. Vi algumas quando fui lá, há dois anos, com dona Gray, ao chegar do Oeste. Paramos duas horas na cidade.

"Lembro de um homem que encontramos na estação, um senhor muito simpático que me indicou onde se podia beber água. Será que ele ainda mora lá? Gostaria de conhecê-lo melhor. Falei também com uma senhora acompanhada de uma menininha. Elas me disseram que moravam em Boston. O nome da menina era Susie Smith. Talvez consiga fazer amizade com elas. Acha que posso? Havia também um menino e outra mulher com um filhinho, mas esses moravam em Honolulu, então não poderei encontrá-los. Mas tenho dona Carew. Quem é ela, tia Poli? É parente nossa?

— Só você mesmo, Poliana! — exclamou dona Chilton, meio risonha e meio desanimada. — É impossível acompanhar suas histórias! Passa de Boston para Honolulu, vai e volta em dois segundos. Dona Carew não é parente nossa. É irmã de dona Della Wetherby. Lembra de dona Wetherby no centro de recuperação?

— Irmã? Irmã de dona Wetherby? Então deve ser bonita como ela. Como eu gostava dela! Sabia contar lindas histórias e vivia sorrindo. Achei uma pena termos ficado juntas apenas dois meses, pois ela chegou pouco antes da minha saída. No começo fiquei triste por causa disso, mas depois achei que foi melhor assim; se tivéssemos passado o ano inteiro juntas eu teria sofrido o dobro ao ir embora. Agora indo para a casa da irmã, parece que vou tê-la de novo comigo.

Dona Chilton não concordou com aquele ponto de vista e disse:

— Você não se esqueça, Poliana, de que talvez as duas não se pareçam e talvez não tenham o mesmo temperamento.

— Mas não são irmãs, tia Poli? — contestou a menina, arregalando os olhos. — Pensei que todas as irmãs fossem iguais. Conheci duas lá na Missão. Eram gêmeas e tão parecidas que era até impossível diferenciar dona Peck de dona Jones. Só depois que nasceu uma verruga no nariz da segunda é que ficou fácil, porque a gente procurava a verruga antes de falar. Contei isso uma vez em que ela estava reclamando de que todo mundo a confundia com a irmã, dona Peck. Falei que, se todos fizessem como eu, se olhassem primeiro para a verruga, não haveria perigo de engano. Parece que ela não gostou muito, embora eu não visse nenhum mal nisso. Devia até ter ficado satisfeita de possuir alguma coisa que a distinguisse da irmã, já que era presidente e detestava quando não a tratavam com todas as honras do cargo: os melhores lugares, apresentações, atenções especiais nos jantares e na igreja. Mas em vez disso a boba tentava por todos os meios se livrar da verruga, chegou até a colocar sal no rabo de um passarinho, segundo ouvi dona White contar. Mas acho que não adiantou. A senhora acredita que sal no rabo de passarinho possa derrubar verrugas do nariz de alguém, tia Poli?

— Como você fala, Poliana, principalmente quando entram em cena as tais damas da Sociedade Beneficente!

— A senhora não gosta de quando fico falando? — perguntou a menina, fazendo biquinho. — Pois a minha intenção é outra, tia Poli. Mesmo que se contrarie quando falo das damas da Sociedade, a senhora deve ficar contente, porque todas as vezes que penso nelas, penso também no quanto sou feliz por não estar mais lá e ter uma tia que é só minha. Isso não a deixa contente, tia Poli?

— Sim, querida — riu dona Chilton, erguendo-se para deixar a sala e sentindo um súbito remorso ao lembrar-se de que às vezes ainda sentia um pouco de sua antiga irritação contra a constante alegria de Poliana.

Durante os dias subsequentes, enquanto dona Chilton se correspondia com Wetherby sobre a ida da sobrinha para Boston, Poliana aproveitou a oportunidade para fazer várias visitas de despedida.

Havia poucas pessoas em Beldingsville que não a conheciam, e quase todos jogavam com ela o jogo do contente. E assim, de casa em casa, Poliana levou a nova de que ia passar o inverno em Boston. O pesar foi geral, desde Nancy, a empregada de dona Poli, até John Pendleton, residente numa grande casa no alto da colina.

Nancy não hesitou em declarar a todos (menos à sua patroa) que considerava uma bobagem essa ida da menina para Boston. Dona Poliana poderia muito bem ficar com ela em Corners, onde morava a sua família; e dona Poli poderia ir sossegada para a Alemanha e voltar quando bem entendesse.

Seu Pendleton também disse o mesmo, com a diferença de que contou suas ideias para a própria dona Chilton. Quanto a Jimmy, o garoto de doze anos que John Pendleton acolhera a pedido de Poliana e que por vontade própria resolvera adotar, não foi capaz de esconder seu ressentimento.

— Mas faz tão pouco tempo que você chegou! — disse ele, no tom de quem procura disfarçar um choque.

— Estou aqui desde março. Além disso, não vou ficar morando lá, vou apenas passar o inverno.

— Não importa. Você "teve" ausente por quase um ano, e se eu soubesse que ia voltar tão depressa, juro que não teria ajudado o pessoal da cidade a esperá-la com banda de música, quando "vortou" do centro de recuperação.

— Mas que coisa, Jimmy! — exclamou Poliana exaltada. E com a superioridade de um orgulho ofendido acrescentou: — E eu por acaso pedi para me esperaram com tanta coisa assim? E sabe que cometeu dois erros? Você disse "teve" em lugar de esteve; e penso que "vortou", em vez de voltou, também não é certo. Pelo menos não me soa bem.

— E eu com isso?

O olhar de Poliana tornou-se ainda mais repreensivo.

— Quem foi que me pediu para corrigi-lo, quando falasse errado?

— Se você tivesse sido criada num orfanato, quase que inteiramente abandonada, em vez de viver com uma porção de velhas que não faziam outra coisa senão ensiná-la a falar corretamente, talvez ainda cometesse erros piores, ouviu, dona Poliana Whittier?

— Senhor Jimmy Bean — ralhou Poliana —, as damas da Sociedade Beneficente não eram velhas. Quer dizer, não eram tão velhas — apressou-se a emendar, já que sua propensão natural a dizer a verdade falava mais alto do que a raiva. — Além disso...

— Pois fique sabendo também que não sou mais Jimmy Bean — disse o rapaz, empertigando-se.

— Não é mais Jimmy Bean? É o quê, então? Explique-se!

— Fui legalmente adotado. Há muito que Seu John planejava, até que chegou o dia. De agora em diante meu nome passa a ser Jimmy Pendleton e chamarei seu John de tio Pendleton. Só que, não "tando", ou melhor dizendo, não "estando" acostumado, ainda não comecei a chamá-lo assim.

Jimmy ainda parecia magoado, mas nas feições de Poliana já não havia mais nenhum traço de irritação. Bateu palmas, numa intensa alegria.

— Que bom! Agora tem um parente que irá cuidar de você de verdade! E com o mesmo nome não precisará explicar aos outros que seu John não nasceu seu parente. Estou tão alegre, tão alegre, que você nem imagina, Jimmy!

O menino saltou do muro de pedra onde estavam sentados e afastou-se, com o rosto todo vermelho e os olhos marejados de lágrimas. Sabia muito bem que devia toda a gratidão do mundo a Poliana. E a tinha tratado daquele jeito...

Cabisbaixo, ficou chutando os pedregulhos do chão, para evitar que as lágrimas saltassem dos olhos. Depois dos chutes apanhou uma pedra e atirou-a longe. Um minuto depois voltou para junto de Poliana, que continuava sentadinha no paredão.

— Vamos apostar quem chega primeiro àquela árvore? — desafiou ele, desejando pôr um fim ao incidente.

— Vamos — aceitou a menina, descendo de um pulo.

A aposta não se concretizou. Poliana ainda não estava em condição de correr. Nem foi preciso. As faces de Jimmy já haviam perdido o rubor e as lágrimas não mais ameaçavam escorrer de seus olhos. Jimmy voltara ao natural.

UMA DOSE DE POLIANA

À medida que se aproximava o dia oito de setembro, data da chegada de Poliana, dona Carew ia ficando cada vez mais e mais irritada consigo mesma.

No começo chegara a se arrepender de ter concordado com a vinda da menina e escrevera à irmã vinte e quatro horas depois pedindo que desse o dito pelo não dito. Della, porém, respondeu que já era tarde demais, pois tanto ela quanto o doutor Ames já haviam escrito aos Chiltons.

Logo depois, chegou a carta de Della, comunicando que dona Chilton havia concordado e que em poucos dias iria a Boston, a fim de arranjar uma escola e essas coisas. Então, tudo o que podia fazer era aceitar. Com isso em mente, dona Carew, embora a contragosto, preparou-se para o inevitável. E foi com toda a polidez que recebeu dona Chilton, quando ela chegou em companhia de Della. Mas gostou que a falta de tempo impedisse dona Chilton de demorar mais que o necessário para tratar direito do assunto.

Era uma boa mesmo que Poliana chegasse na data combinada, pois o tempo, em vez de fazer dona Carew aceitar que teria de receber a futura hóspede, apenas aumentava sua irritada impaciência diante do seu "absurdo assentimento ao insensato projeto de Della".

Não passava despercebido para Della que a irmã estava incerta. Se por fora mantinha uma pose confiante, lá dentro tinha medo de que desse tudo errado; mas confiava em Poliana e por isso decidiu arriscar deixar que a menina agisse inteiramente só, sem sugestão nenhuma de sua parte. Ficara combinado que dona Carew as esperaria na estação. Assim, logo após as apresentações, mencionou um compromisso qualquer e despediu-se. Dona Carew, portanto, mal teve tempo de olhar para a menina e já se viu a sós com ela.

— Della! Della, não vá ainda... não posso... — exclamava dona Carew, com a voz aflita, para a enfermeira que se afastava.

Mas Della, caso tenha ouvido, não deu atenção. Visivelmente contrariada, dona Carew se virou para Poliana.

— Muito surpreendente ela não ter ouvido, não é? Tão pertinho! — disse a menina com olhos saudosos postos na enfermeira que se retirava. — E eu não queria que ela se fosse... Mas não importa, estou com a senhora e posso ficar contente com isso.

— Hum! Duvido muito. Olhe, vamos por aqui — disse dona Carew, indicando a direita.

Obediente, Poliana acompanhou-a pela imensa estação, uma ou duas vezes levantando os olhos para a sua expressão fechada. Depois de um tempo, disse hesitante:

— Com certeza a senhora pensou que eu fosse bonita, não?

— Bonita? — repetiu dona Carew.

— Sim, de cabelos crespos, cacheados... Certeza que a senhora imaginou como eu seria, porque é como costumo fazer. Gosto de imaginar. Só que eu sabia que a senhora era bonita por causa de sua irmã. Por isso pude ter uma ideia, diferente da senhora, que não tinha ninguém para imaginar como eu seria. Sei que não sou bonita por causa das sardas; e é de desapontar quando a gente espera uma pessoa bonita e aparece uma feia, não? E ainda...

— Que bobagem, menina — interrompeu dona Carew um tanto secamente. — Vamos dar um jeito na sua bagagem antes de mais nada. Esperei que minha irmã nos acompanhasse, mas vejo que ela não quis ficar conosco.

— Talvez não fosse possível — disse Poliana, sorrindo. — Vai ver que alguém está precisando dela. No centro de recuperação vivia ocupada. E é tão chato quando a gente é muito procurada, porque não sobra tempo para coisa nenhuma. Em compensação é agradável saber que os outros precisam da gente, não acha?

Não houve resposta, talvez porque dona Carew, pela primeira vez em sua vida, ficou pensando se, por acaso, haveria alguém no mundo que necessitasse dela.

Os olhos de Poliana varreram a multidão em volta.

— Quanta gente! — exclamou a menina, com ar feliz. — Estou achando mais movimentado que da última vez em que estive aqui; mas ainda não vi nenhum dos meus conhecidos da vez passada. É verdade que não poderia encontrar a mulher com a criancinha, já que viviam em Honolulu; mas Susie Smith, a menina, mora aqui em Boston. Não a conhece?

— Não — respondeu secamente dona Carew.

— Pois é, que pena. Susie é extremamente simpática, linda mesmo, com aqueles cabelos negros e cacheados que também vou ter quando for para o céu. Quem sabe eu ainda a encontre, não é? Ah, que lindo automóvel! É nele que vamos? — indagou, diante de uma bela limusine, cuja porta um chofer impecavelmente trajado mantinha aberta.

O motorista quis disfarçar um riso, mas não conseguiu. Dona Carew, entretanto, respondeu à pergunta com o tédio de quem acha que andar de automóvel não é mais do que ir de um lugar enfadonho para outro ainda mais enfadonho.

— Sim, é nele que vamos. — E para o atencioso chofer: — Para casa, Perkins.

— Ah, é da senhora! — exclamou Poliana, percebendo das maneiras de dona Carew o ar indisfarçável do dono. — Que bom! Vejo que a senhora deve ser riquíssima, mais rica ainda que as que usam tapetes nos quartos e tomam sorvetes no jantar, como dona White, uma das damas da Sociedade Beneficente. Sempre pensei que elas fossem ricas, mas agora compreendo que só é realmente rico quem possui anéis de brilhante, casacos de pele, vestidos de seda para todos os dias e um automóvel. A senhora tem tudo isso, não tem?

— Sim, creio que tenho — admitiu ainda dona Carew com um leve sorriso.

— Então é rica — concluiu Poliana com muita lógica. — A tia Poli também possui tudo isso. Só que o automóvel dela é um cavalo. Ah, como gosto de automóvel! E hoje vai ser a primeira vez, depois que fui atropelada. Naquela ocasião não pude aproveitar o passeio, porque estava sem sentidos quando me puseram no carro. Desde então nunca mais pisei num carro. A tia Poli não aprecia automóveis, o que já não se dá com o tio Tom, que diz precisar de um para atender os clientes. Ele é médico e todos os médicos de Beldingsville possuem automóveis. Mas não sei como vão se resolver com essa história. A tia Poli não quer contrariá-lo, mas quer que ele queira o que ela quiser que ele queira. Então...

Dona Carew não pôde deixar de rir.

— Vejo que vai ser difícil entrarem num acordo — observou ela mais afavelmente.

— Isso mesmo — acrescentou Poliana. — Tia Poli diz que não se importaria de ter um automóvel, contanto que fosse o único no mundo, para não haver perigo de desastres, mas... Ah, quantas casas! — exclamou a menina, olhando em torno com os olhos cheios de admiração. — Não acabam mais! Sei que são necessárias muitas casas, para abrigar toda essa gente que vi na estação, e mais as que vejo aqui nas ruas. Gosto das cidades de muita gente, porque assim poderei ter mais conhecidos. Gosto de gente, e a senhora?

— Gosta de gente, menina?

— Sim, gosto de todo o mundo.

— Pois receio não poder dizer o mesmo! — retrucou dona Carew com um suspiro.

O olhar da viúva perdera o brilho e demonstrava certa desconfiança. Intimamente dona Carew refletia: a julgar pelo primeiro "sermão", o meu dever é andar em companhia de meus amigos, a exemplo da mana Della...

— Não gosta? Ah que pena! — lamentou Poliana. — São todos tão bons e diferentes uns dos outros. E aqui deve haver muitas pessoas das quais vou ser amiga. A senhora não imagina como estou contente de ter vindo! Tinha certeza de que ia ficar feliz assim que a visse, porque a senhora é irmã de dona Wetherby. Gosto muito de dona Wetherby e imaginei que, como irmãs, seriam parecidas, embora não fossem gêmeas como dona Jones e dona Peck que, mesmo assim, ainda eram exatamente iguais por causa da verruga. Mas a senhora não sabe disso e tenho de explicar.

E assim aconteceu. Dona Carew, que estava em guarda contra um sermão sobre ética social, viu-se, com grande surpresa, a escutar a história da verruga que nascera no nariz de uma tal dona Peck, da Sociedade Beneficente, em uma cidadezinha do Oeste.

Quando a história acabou, já tinha entrado na avenida Commonwealth, onde Poliana começou a explodir em exclamações a respeito da beleza da rua e da sua largura.

— Creio que todo mundo gostaria de morar aqui! — concluiu com entusiasmo.

— É provável, mas não seria possível — replicou dona Carew, erguendo os sobrolhos, e a menina, tomando esse gesto como desgosto de não ser ali a casa de dona Carew, procurou remendar.

— Quer dizer, não estou falando que as outras ruas também não sejam bonitas, as ruas estreitas... talvez até sejam melhores, porque a gente pode ficar alegre de não ter de andar muito para atravessá-las. Ah... Mas a senhora mora aqui! — exclamou, ao ver que o carro parava em frente a uma fachada magnífica. — É verdade, dona Carew? Mora mesmo aqui?

— Sim, moro, claro que moro — respondeu a dama levemente irritada.

— Ah, como deve ser feliz de morar num lugar assim tão lindo! — exclamou Poliana, descendo do carro e circulando os olhos em redor. — Não está contente?

Dona Carew não respondeu e saltou do automóvel de testa franzida. Isso atrapalhou a menina, que disse, após uns instantes de vacilação, com os olhos ansiosos no rosto da dama:

— Não estou falando do pecado da avareza, ah, não! A senhora talvez tenha pensado, como aconteceu certa vez com tia Poli. Não quero dizer essa felicidade de a gente ter uma coisa que os outros não têm, mas sim a outra felicidade, a que... faz a gente gritar e bater as portas, a senhora sabe, ainda que isto não seja prova de boa educação — concluiu, dançando na ponta dos pés.

O chofer virou as costas rápido e fingiu arrumar qualquer coisa no carro, enquanto dona Carew, sempre séria e carrancuda, subia a escadaria.

— Siga-me, Poliana — foi tudo quanto disse.

Cinco dias mais tarde, Della Wetherby recebeu uma carta de sua irmã. Abriu-a com pressa. Era a primeira que lhe vinha depois da chegada de Poliana a Boston.

Minha cara irmã, pelo amor de Deus, por que não explicou quem era essa menina antes de me induzir a recebê-la aqui? Estou ficando doida e não posso mandá-la embora. Já tentei três vezes, mas assim que abro a boca ela toma a palavra para dizer que se acha encantada de estar aqui e contentíssima de eu a ter tomado enquanto sua tia Poli fica na Alemanha. Diante disso, como posso dizer francamente: "Faça as malas e vá embora, porque não a quero mais aqui"? E o mais absurdo é que nunca lhe passou pela cabeça que eu não a quero aqui e não sei como fazê-la compreender.

Mas quando ela começa com o falatório... ah!, não aturo. Mando-a embora. Lembre-se de que eu disse isto a você — que não aturaria sermões. E não aturo mesmo. Duas ou três vezes percebi que ela estava prestes a começar um falatório, mas a coisa descaía para alguma ridícula história das tais damas da Sociedade Beneficente — e o falatório falhava, o que tem sido uma sorte para ela, caso pretenda ficar aqui.

Mas, Della, devo confessar que essa criaturinha é impossível! Ela é agitada. No dia em que chegou me obrigou a abrir todos os quartos e não ficou satisfeita antes de virar tudo de pernas para o ar, a fim de que "pudesse ver todas essas maravilhas". E declarou que a casa é bonita como a de seu Pendleton lá de Beldingsville. Ignoro quem é, mas imagino que não seja uma dama da Sociedade Beneficente...

Depois, como se não fosse bastante me fazer correr para lá e para cá pelos quartos todos e levantar todas as cortinas, descobriu um vestido de cetim branco que não uso há anos e ficou insistindo para que o vestisse. E não teve jeito, vesti o tal vestido! Um momento de fraqueza, você compreende...

Isso foi apenas o começo. Insistiu depois para ver todas as minhas coisas guardadas e contou umas histórias tão engraçadas das "doações dos missionários", onde desencovava roupas velhas, que fui forçada a rir sem querer — embora com vontade de chorar diante do que a pobre menina andou vestindo. E como uma coisa puxa a outra, dos vestidos passou às joias e fez tanto barulho com os dois anéis que eu tinha no dedo que me levou a mais uma fraqueza, que foi a de abrir o meu cofre, só pela curiosidade de vê-la arregalar os olhos. E, Della, até fiquei com medo que a menina enlouquecesse! Colocou sobre mim todos os anéis, broches, braceletes e colares. Depois ficou dançando em volta de mim, batendo palmas e gritando: "Que lindeza! Que lindeza! Que vontade de pendurar a senhora na janela — como um prisma!".

E eu ia perguntar que história de prisma era aquela, quando a vejo sentar-se no chão, em lágrimas. Sabe por quê? De contentamento por ter olhos — por ter olhos que pudessem ver aquilo! O que é que você acha disso, Della?

E não acaba por aí. Poliana está aqui há apenas quatro dias e encheu completamente esses quatro dias. Já está amiga do carvoeiro, do policial da esquina e até do entregador de jornais. Parecem enfeitiçados por ela. Mas não vá achando que eu estou também — porque não estou, não estou de jeito nenhum! Eu a mandaria para aí num piscar de olhos, se não fosse o meu trato de mantê-la comigo durante todo o inverno. E quanto à hipótese de que a senhora Poliana me faça esquecer o meu Jamie, isso é absurdo. Ao contrário, ela me faz sentir ainda mais a falta do meu menino. Mas, como já disse, vou manter a menina aqui, mas só se ela não me vier com essa historinha de ficar cheia de discursinhos. Ah, porque se começar a fazer isso, então não tem escapatória: é direto para casa na mesma hora! Mas ainda não começou, então fique calma...

Com carinho,
Ruth.

— Ainda não começou! — repetiu Della, sorrindo para si mesma ao guardar a carta. — Ah, Ruth, Ruth! E você confessa que abriu todos os quartos da casa, suspendeu todas as cortinas, colocou o velho vestido de cetim e pôs as joias, tudo isso antes de Poliana ter passado aí uma semana! E ela não fez falatório coisa nenhuma, ah, não, não claro que não...

DONA CAREW E O JOGO

Boston foi para Poliana uma experiência nova, e Poliana foi uma experiência nova para a parte de Boston que teve o privilégio de conhecê-la. A menina gostou da cidade, embora a achasse muito grande.

— Sabe de uma coisa... — disse à dona Carew no dia seguinte à chegada. — Eu quero ver tudo, conhecer tudo, mas não posso. Igualzinho aos jantares que tia Poli dava: tanta coisa para comer, e a gente não comia nada; aqui há muito para se ver, mas não vemos nada, porque lá sempre tinha uma atrapalhação sobre a escolha do que comer, e aqui ver, a senhora compreende...

Tomou fôlego e prosseguiu:

— Há muita coisa aqui para a gente ficar alegre, muitas coisas lindas e boas, não boas como remédios, por exemplo, que são bons para a saúde, mas péssimos de tomar. Lá, com os jantares de tia Poli, eu sentia não poder espalhar tantas coisas gostosas por todos os dias da semana e, em Boston, sinto o mesmo. Ah, se eu pudesse levar um Boston para Beldingsville, para ter "qualquer coisa no próximo verão"! Mas como? Cidades não são tortas de maçã com açúcar por cima que a gente possa partir e guardar; e nem com as tortas a gente pode fazer isso, porque azedam e o açúcar mela. Por isso, quero ver tudo que puder enquanto estou aqui.

Há pessoas que, para conhecer o mundo, começam com o que está mais longe, mas Poliana começou a ver Boston pelo mais à mão, como aquela avenida Commonwealth onde morava dona Carew. Durante vários dias, a avenida e a escola tomaram todo o seu tempo.

Havia muito que ver e aprender; na própria casa de dona Carew, tudo lhe parecia lindo e maravilhoso, desde as lâmpadas da parede que, quando acesas, inundavam o aposento de luz elétrica, até a enorme e silenciosa sala de visitas, cheia de grandes espelhos e quadros famosos. Também havia muita gente a conhecer: havia Mary, que cuidava da limpeza, atendia aos toques de campainha e a levava para a escola todos os dias; Bridget, que só cuidava da cozinha; Jennie, que servia à mesa; e Perkins, o chofer. Todos tão interessantes e tão diferentes!

Poliana havia chegado numa segunda-feira e, no primeiro domingo, desceu pela manhã toda radiante.

— Como adoro os domingos! — entrou na sala dizendo.

— Adora, é? — grunhiu dona Carew em tom de quem não adora dia nenhum.

— Claro que sim, e adoro por causa da igreja e da escola dominical. Do que é que a senhora gosta mais, da igreja ou da escola dominical?

— Eu... eu... — começou dona Carew, sem saber o que responder, porque na realidade pouco ia à igreja e nunca frequentara uma escola dominical.

— Fica até difícil de escolher, não é? — acudiu a menina, interpretando de outro modo a indecisão de dona Carew. — Eu gosto mais da igreja por causa de papai. Ele era ministro, como a senhora sabe, e está agora no céu com mamãe e os outros irmãozinhos; mas inúmeras vezes imagino que ele está aqui, e isso se torna mais fácil na igreja, quando o ministro está pregando. Fecho os olhos e imagino que é papai quem fala. Gosto muito de imaginar coisas, e a senhora?

— Eu... eu não sei, Poliana.

— Pois trate de saber e verá como as coisas imaginadas são mais bonitas que as de verdade, quer dizer, não as suas coisas de verdade, dona Carew, porque essas são realmente lindas.

Dona Carew quis interrompê-la, mas não conseguiu. Poliana continuou:

— Quando fiquei na cama sem poder andar, passava o tempo todo imaginando coisas, imaginando com toda a força. E agora ainda faço isso, especialmente com papai, por isso hoje vou imaginá-lo lá em cima do púlpito, pregando. Que horas a gente vai?

— A gente vai?

— Sim, para a igreja, não é?

— Mas, Poliana, eu não... quer dizer, ainda não sei — balbuciou dona Carew, sem coragem de dizer que não frequentava a igreja, ao ver a expressão confiante no rosto da menina. — Creio que podemos ir quinze para as dez, se sairmos a pé — desembuchou afinal. — É perto.

E foi assim que dona Carew, depois de muito tempo afastada, ocupou naquela manhã de domingo o seu banco de família na igreja próxima, que muito frequentou na infância e de que ainda era um dos mais fortes sustentáculos — no que diz respeito a dar dinheiro, só.

O culto daquele domingo deixou Poliana muito feliz. A maravilhosa música do coral, a luz opalescente através dos vitrais, a voz emocionada do pregador e o murmúrio dos fiéis em oração deixaram-na alguns instantes sem fala. Só depois que se viu na rua pôde retomar o fôlego.

— Ah, dona Carew — começou ela —, estou pensando em como somos felizes de viver um dia de cada vez!

Dona Carew franziu a testa, porque não se sentia com disposição para ouvir mais "falatório" além dos que suportou na igreja, e foi resistente ao projeto de sermão. Lembrou-se, entretanto, que aquele "viver um dia de cada vez" era um pensamento muito importante para sua irmã. "Mas você tem de viver um minuto cada vez, Ruth", dizia-lhe sempre Della, e "qualquer pessoa pode suportar o que acontece num minuto!". Essa recordação fez com que respondesse a Poliana de modo mais tranquilo, com um tom levemente curioso.

— É mesmo?

— Sim! — insistiu a menina. — Pense no que seria de mim se tivesse que viver o dia de hoje e o de amanhã ao mesmo tempo... triste, porque há muita coisa linda aqui e eu deixaria passar. Mas não é assim; tive o dia de ontem, e agora estou vivendo o dia de hoje, e tenho tempo para viver o de amanhã, e daqui a pouco vem um novo domingo. Realmente, dona Carew, se hoje não fosse domingo, eu sairia pulando pela rua aos berros, mas, como é domingo, tenho que ir para casa cantar um hino, e vai ser o mais alegre de todos. Qual é o hino que a senhora acha mais alegre?

— Não sei dizer — respondeu dona Carew com amargura, pois para uma mulher que já sofreu tanto, é até desmoralizante ouvir sempre que a vida é tão boa ou que vale a pena vivermos um dia cada vez.

Na manhã seguinte, Poliana foi sozinha à escola. Já conhecia perfeitamente o caminho. Era uma escola particular e bem por isso uma grande novidade, ainda mais para uma menina curiosa como ela. Mostrava-se nisso o oposto de dona Carew, que detestava novidades e já achava demais as que vinha tendo desde a chegada de Poliana. Para uma criatura cansada de tudo, a convivência com outra que se impressiona com tudo acaba sendo cansativa, e dona Carew já se sentia exausta com frequência. Por quê? Por causa da alegria da menina. Se alguém a questionasse e ela fosse obrigada a falar a verdade, teria que confessar sua exaustão.

Chegou, em carta à sua irmã, a escrever que a palavra "contente" já estava dando raiva, e que muitas vezes sentia vontade de riscá-la do dicionário. Isso, talvez, porque a menina admitia que o "contentamento" que tinha era, entre todas, a maior característica dela. Lá pela segunda semana, finalmente, a paciência de dona Carew acabou, e a causa foi uma consequência inesperada, uma questão entre Poliana e uma das damas da Sociedade Beneficente.

— Ela estava jogando o jogo, dona Carew! — concluiu triunfalmente a menina.
Logo em seguida, porém, lembrou-se de que ainda não havia explicado o jogo e continuou.
— Mas... acho que a senhora não sabe ainda...
Dona Carew interrompeu-a:
— Nem quero saber, Poliana. Minha irmã já me contou desse jogo, e devo dizer que não me interessa.
— Não estou dizendo isso, dona Carew! — exclamou a menina como quem se justifica. — Está claro que o jogo não serve para a senhora. A senhora nunca poderá jogar.
— Nunca poderei jogar? — questionou a dama, surpresa. — Por quê? O fato de não querer jogá-lo não diz, de modo nenhum, que não posso jogá-lo.
— Não pode, não, dona Carew! No jogo, devemos encontrar uma coisa que nos faça contentes, mas a senhora nem pode pensar nisso, porque todas as coisas ao seu redor fazem qualquer criatura contente. Num caso assim, o jogo ficaria impossível.
Dona Carew sentiu-se irritada e, na resposta que deu, foi mais longe do que desejava.
— Não, Poliana, não é bem assim. Do jeito que minha vida tem passado, não consigo encontrar nada que me faça sentir contentamento.
A menina olhou-a com espanto.
— Por que, dona Carew?
— Por quê? Porque não tenho nada do que quero. O que de bom tem em minha vida?
— Simplesmente tudo, dona Carew! — murmurou Poliana atônita. — Tem... tem esta casa tão linda!...
— Casa! O que é uma casa senão um lugar para comer e dormir?! E eu não tenho prazer nem em comer, nem em dormir.
— E tem todos estes móveis maravilhosos — continuou a menina.
— Estou cansada deles.
— E tem o seu automóvel, essa máquina mágica que leva a senhora para onde a senhora quer.
— Eu não quero ir para lugar nenhum. — O espanto de Poliana crescia.
— Mas pense no número de coisas e pessoas que a senhora pode ver, dona Carew!
— Não me interessam coisas nem pessoas.
— Mas, dona Carew, eu não entendo! Antes, em Beldingsville, sempre havia coisas más e o jogo podia ser feito, porque, quanto piores são as coisas, melhor é o jogo. Onde não existem coisas más, como aqui, eu não sei como daria para jogar o jogo...
Não houve resposta por alguns instantes. Dona Carew sentou-se junto à janela. Aos poucos a revolta de sua alma se transformava em uma desiludida tristeza, e foi com a voz dolorida que murmurou.
— Poliana, eu não esperava ter que dizer isso, mas direi. Direi a verdadeira razão pela qual nada mais me deixa contente — e narrou toda a história de Jamie, o menino de quatro anos que havia desaparecido da sua vida.
— E a senhora nunca mais o viu em lugar nenhum? — murmurou Poliana com lágrimas nos olhos.
— Nunca mais.
— Mas nós iremos encontrá-lo, dona Carew. Estou certa disso!
Dona Carew balançou a cabeça, desanimada.
— Eu não tenho mais tantas esperanças — disse ela. — Já o procurei por toda parte; até pelos países estrangeiros.
— Mas ele tem que estar em algum lugar, dona Carew!
— Ou... morto, Poliana.
A menina deu um grito.
— Ah, não, dona Carew. Não diga isso. Imagine que Jamie vive! Esse pensamento positivo vai fazer muito bem. Além disso, se a senhora imaginar que ele está vivo, também poderá imaginar que vai encontrá-lo. E essas imaginações ajudarão bastante.

— Mas tenho medo de que ele esteja morto, Poliana — soluçou dona Carew.
— A senhora tem a certeza de que ele está morto?
— Não, não posso ter.
— Então imagina que ele está morto, não é? — disse Poliana triunfante — Pois se a senhora pode imaginar o menino morto, pode também imaginá-lo vivo e será muito melhor, não é? E tenho certeza de que em um belo dia nós o encontraremos, dona Carew! Dona Carew! Estou vendo que a senhora pode jogar o jogo! Pode ficar contente de uma coisa: de que a cada dia que se passa fica mais perto o dia em que vai encontrar o Jamie, está vendo?

Mas dona Carew não "viu". Ergueu-se como que exausta e disse:
— Não, não, menina! Você não compreende, não pode compreender. Bom, vá cuidar da sua vida, ler ou fazer qualquer coisa. Estou com dor de cabeça e vou me deitar.

Poliana retirou-se para o seu quartinho, perturbada e pensativa.

5
POLIANA DÁ UM PASSEIO

Foi no segundo sábado após sua chegada que Poliana deu o primeiro passeio. Até então nunca havia saído só, exceto para ir à escola, e como a ideia de que a menina pudesse explorar a cidade de Boston desacompanhada de qualquer pessoa jamais ocorrera a dona Carew, não a havia proibido. Mas, em Beldingsville, o passatempo predileto de Poliana era percorrer as velhas ruas em busca de novos amigos ou novas aventuras.

No sábado a que nos referimos, à tarde, dona Carew tinha repetido aquela sua frase de costume: "Vá, Poliana, vá fazer o que quiser, mas, por favor, não me atropele mais com perguntas". Até então a menina se limitara, quando ouvia isso, a descobrir coisas que a interessassem dentro da própria casa ou a conversar com os empregados. Naquele dia, entretanto, Mary estava com dor de cabeça; Bridget, ocupadíssima com uma torta de maçãs, e Perkins fora às compras. Casa vazia e lá fora um maravilhoso dia de setembro. Poliana resolveu sair. Desceu a escadaria. Parou. Olhou. Homens bem-vestidos, mulheres e crianças passavam com pressa pela frente da casa ou pelo caminho arborizado que corre pelo eixo da avenida.

Poliana pisou na calçada, olhou para a direita e para a esquerda, ainda indecisa; depois decidiu: iria também dar um passeio. Estava um ótimo sábado e até aquele dia não havia dado nenhum passeio de verdade; ir à escola não contava, não era passeio. Dona Carew não faria caso, pois disse: "Faça o que quiser", estava, portanto, livre de gastar toda a tarde no passeio que quisesse. E, assim refletindo, pôs-se a caminhar pela avenida abaixo.

Ia distribuindo sorrisos a todos os pedestres; até se desapontava, embora não se surpreendesse, de não receber nenhuma retribuição. Em Boston, terra de gente que não ri, já estava acostumada com isso. Ainda assim insistia. Podia ser que de repente o procurado sorriso aparecesse.

A casa de dona Carew ficava no extremo da avenida; andando um quarteirão, Poliana chegou à esquina da primeira quadra e deu com o mais belo "quintal" que seus olhos já tinham visto: o jardim público de Boston. Por uns momentos, a menina hesitou, de olhos arregalados para a beleza desdobrada diante de si, evidentemente o maravilhoso quintal de alguma casa muito rica. Certa vez, no centro de recuperação, fora com o doutor Ames passear no parque de uma residência rica, com árvores e gramados exatamente como aqueles.

Poliana sentiu uma forte vontade de atravessar a rua e entrar no parque, mas ficou na dúvida se poderia fazê-lo. Havia gente lá dentro, conseguia vê-los; eram com certeza convidados. Nisso viu um homem, seguido de duas moças e uma menininha, todos entraram no parque na maior tranquilidade, e concluiu que também ela poderia entrar. Encheu-se de ânimo, atravessou a rua e entrou.

Ah, o parque era ainda mais lindo visto de perto do que de longe! A passarinhada piava sobre a sua cabeça, saltitando pela copa das árvores, e um esquilo cortou-lhe o caminho a dois passos de distância. Aqui e ali, nos bancos, viu gente sentada — homens, mulheres e crianças. Através dos galhos passavam raios de sol que refletiam na água de um lago próximo. De mais longe, percebia sons de música e gritos infantis.

Uma senhora bem-vestida caminhava em sua direção; Poliana hesitou antes de dirigir-se à desconhecida; por fim:

— Senhora, com licença! Por acaso isso tudo aqui é... alguma festa? — indagou.

A moça interrompeu sua caminhada.

— Uma festa? — repetiu admirada.

— Sim, minha senhora. Quero saber... se posso estar aqui.

— Se pode estar aqui? Pois é claro que pode, menina! O parque pertence a todo o mundo.

— Ah, que bom! Estou tão contente! — irradiou Poliana.

A moça nada mais disse e prosseguiu no seu passeio, não sem olhar para trás duas ou três vezes, ainda admirada com as estranhas perguntas.

Poliana de nenhum modo se surpreendeu que o dono do lindo parque desse uma festa a todo mundo, e continuou no seu passeio. Logo adiante encontrou uma menininha brincando com um carrinho de boneca, e parou diante dela com um grito de alegria; mas não conseguiu terminar nem uma dúzia de palavras quando uma governanta furiosa a interrompeu.

— Aqui, Gladys! Corra! Mamãe já não disse para não conversar com pessoas desconhecidas?

— Mas eu não sou uma pessoa desconhecida! — contraveio Poliana insultada. — Estou morando aqui em Boston agora, já faz duas semanas...

Mas a menininha puxando seu carro de boneca já ia longe pela mão da empregada. Poliana suspirou e guardou silêncio por uns instantes; depois ergueu o queixo e prosseguiu:

— Bolas! Devo ficar contente, pois poderei mais adiante encontrar gente melhor; Susie Smith ou, quem sabe, o próprio Jamie de dona Carew. Ah, boa ideia! Vou imaginar que vou encontrá-los e, se não, encontrarei alguém, seja lá quem for — e para a frente seguiu, observando cuidadosamente cada uma das pessoas que via por ali.

Poliana sempre se entristecera da sua solidão. Criada pelo pai e pelas damas da Sociedade Beneficente numa pequenina cidade do Oeste, havia considerado como amigo cada casa dessa cidadezinha, cada pessoa, homem, mulher ou criança. Indo morar com a tia no estado de Vermont, aos onze anos de idade, admitiu que a diferença era apenas de novas casas e novas pessoas, por isso mesmo mais interessante que os do Oeste, porque eram "diferentes". Em consequência, o seu maior encanto em Beldingsville tornou-se o passeio ao acaso, com visitas aos novos conhecidos.

Essa experiência na cidadezinha de Vermont fez com que tivesse certeza de que em Boston as suas possibilidades seriam infinitamente maiores.

Mas Poliana tinha de admitir que até Boston estava sendo decepcionante. Já fazia quase duas semanas que havia chegado e ainda não conhecera nem uma única pessoa das que via nas ruas, nem sequer os vizinhos. Mais inexplicável ainda: dona Carew não tinha relação alguma com aquela gente toda, não dava a mínima para ninguém. Nem dos vizinhos falava, o que surpreendia a menina.

— Não me interessam, Poliana — costumava ela dizer, e Poliana, que se interessava pelo mundo inteiro, tinha que se contentar com a explicação.

Naquele passeio, entretanto, sentia-se cheia de novas esperanças, embora ainda não tivesse tido a chance de estabelecer nenhum contato; só via gente boa, gente com jeito de ser interessantíssima, mas inacessível; e, pior, gente que de nenhum modo parecia ter o menor interesse em conhecê-la. A repulsa da senhora não lhe saía da cabeça.

— Bom, acho que devo mostrar a essa gente que não sou nenhuma desconhecida — raciocinou ela e prosseguiu no passeio, disposta a abordar a primeira criatura com quem cruzasse. Foi uma senhora bem-vestida.

— Que dia bonito hoje, não? — disse a menina à queima-roupa.

— Quê?... Ah, sim... está bonito, sim — respondeu a senhora sem nem parar, e lá se foi.

Poliana fez logo a seguir mais duas tentativas, sem melhor resultado, e afinal chegou à beira do lago onde os raios do sol vinham tomar banho. Era um lago lindo de águas calmas, em que flutuavam botes cheios de crianças. Vendo-as reunidas, Poliana sentiu-se ainda mais solitária e foi falar com um senhor que estava sentado ali perto. Sua vontade era de dançar na frente dele e abordá-lo com a segura confiança com que abordava as pessoas de Beldingsville; mas as repulsas que vinha sofrendo em Boston deixaram-na mais incerta. Poliana se sentou na ponta do banco e ficou analisando o homem.

Não era de aspecto agradável, e sua roupa estava surrada e suja, muito ao jeito da roupa feia dada pelo governo aos condenados que acabam de cumprir pena. Tinha o rosto marcado e a barba crescida. O chapéu caía sobre seus olhos. De pernas cruzadas e espichadas e mãos no bolso, olhava sem ver para o que tinha na frente.

Por todo um minuto, Poliana permaneceu calada, só analisando, mas depois se encheu de coragem e começou:

— Um belo dia, não?

O homem voltou o rosto.

— Quê? Ah...uma menina. Que é que disse? — perguntou, olhando em redor para ver se era a ele mesmo que a pergunta fora dirigida.

— Eu disse: Que belo dia, não? — repetiu Poliana. — Mas não é isso o que mais me interessa, apesar de estar mesmo um belo dia. Falei isso só para começar a conversa, porque a gente tem que começar de algum jeito, não acha?

O homem sorriu, e para Poliana aquele sorriso pareceu estranho, embora não soubesse que era o primeiro que aquele homem dava em muitos meses.

— Quer dizer que quer conversar, então? — disse o homem com um acento amargo. — Não sei... Uma mocinha como a senhora tem tanta gente direita com quem conversar que não precisa recorrer a um velho falsário da minha marca.

— Ah, mas eu gosto de velhos falsários! — exclamou a menina, toda alegre. — Quer dizer, gosto da primeira parte, velho, porque a outra, falsário, não sei o que é, nunca ouvi essa palavra. Mas se o senhor é um falsário, então eu gosto de falsários, porque gosto do senhor — concluiu ela, remexendo-se no banco para ficar mais confortável, já que a conversa prometia.

— Hum! Que coisa boa de se escutar — murmurou o homem com um sorriso irônico, e, embora seu ar e suas palavras expressassem uma incredulidade educada, ele também se ajeitou no banco para ficar mais confortável. Em seguida: — Pois vamos lá. Vamos conversar. Mas sobre quê?

— Isso... isso não é nada. Não importa o assunto. Tia Poli dizia sempre que qualquer que seja meu começo, acabo sempre falando das damas da Sociedade Beneficente, e é verdade, sabe por quê? Porque foram elas que me criaram. Mas... podemos conversar sobre a festa, por exemplo. Estou gostando muito dela, agora que já conheço.

— Que festa, menina?

— Esta festa aqui no parque, toda essa gente. Não é festa? Uma senhora com quem falei me disse que o parque era para todo mundo, então me animei a ficar, mas ainda não vi a casa, quer dizer, a moradia dos donos desse lugar, dos que estão dando a festa.

Um riso retorceu os lábios do desconhecido.

— Sim, menina, talvez seja uma festa mesmo — respondeu com um sorriso indefinível. — Mas a "casa" que está dando ou dá sempre esta festa é a cidade de Boston. Isto aqui é um jardim da cidade, um jardim público, sabe? Um jardim aberto a quem quiser.

— É mesmo? Sempre? E posso vir aqui sempre que quiser? Ah, mas que maravilha! Então é ainda melhor do que pensei! Eu estava com receio de que não me deixassem entrar na outra vez que viesse, sabe? Estou contentíssima agora, apesar de não o conhecer ainda bem, o parque... As coisas boas ficam sempre melhores quando a gente passa pelo medo de que não sejam boas, não acha?

— Talvez seja assim, se elas realmente demonstram ser boas — admitiu o homem um tanto sombriamente.

— Também acho — advertiu Poliana, sem dar bola para o tom sombrio. — Mas é lindo, não acha? Não sei se dona Carew sabe que todo mundo pode vir aqui. O que me admira é que toda a gente da cidade não fique aqui todo o tempo para admirar estas maravilhas.

— Hum! Não há muita gente no mundo que possa fazer isso, vir passar o tempo todo num jardim. Talvez seja um dos poucos...

— É? Ah, então deve ficar muito contente, não acha? — Poliana suspirou, enquanto olhava um bote que passava.

Os lábios do desconhecido entreabriram-se; mas não falou; a menina permanecia com a palavra.

— Eu queria não ter outra coisa a fazer senão isto, estar aqui. Mas tenho de frequentar a escola. Ah, mas também gosto da escola, não ache que... Isso não quer dizer que não haja coisas de que eu goste mais. Gosto da escola porque "posso" ir à escola, e antes não podia. Fico contentíssima quando me lembro que ainda no último inverno a minha grande preocupação era saber se poderia ainda ir à escola. Bom, um tempo atrás eu perdi as pernas, as duas: quer dizer, elas não andavam, e a gente só sabe o quanto valem as pernas quando elas param de andar. O mesmo com os olhos. O senhor já pensou no mundo de coisas que a gente pode ver com os olhos? Eu nunca havia pensado nisso, só depois que entrei para o centro de recuperação. Havia lá uma senhora que tinha ficado cega um ano antes. Eu quis que ela jogasse o jogo, qualquer coisa para ficar contente, o senhor sabe, mas não consegui; a senhora disse que não podia. "Por quê?", perguntei. Ela ficou quieta. Amarrei então um lenço nos olhos e fiquei muito tempo assim, para ver. Ah, é horrível! O senhor nunca tentou isso?

— Eu... eu nunca tentei — disse o homem, já tonto com o tanto de ideias da menina.

— Pois não experimente. É horrível! O senhor fica que não pode fazer coisa nenhuma. Eu fiquei de lenço nos olhos uma hora inteira, e desde então fico sempre contente, e às vezes contente até de chorar, de saber que posso ver. Essa senhora está agora jogando o jogo, apesar de ceguíssima. Dona Wetherby me contou.

— O... jogo? Que jogo, menina?

— O jogo do contente! Não sabe? É achar qualquer coisa boa em tudo que nos acontece de mau. Pois bem, a senhora cega praticou tanto que descobriu. O marido dela é um dos homens que escrevem as leis, e ela lhe pediu que fizesse uma lei para ajudar as pessoas cegas, especialmente as crianças ceguinhas. E eles fizeram essa lei, dizendo que a senhora cega tinha feito "mais" para o arranjo dessa lei do que todos eles juntos, inclusive o marido, e que não haveria lei nenhuma se não fosse ela, ou melhor dizendo, a cegueira dela. E então ela diz que está contente de ter perdido os olhos, porque assim evitou que muitas crianças também ficassem ceguinhas. A lei não deixa que as crianças percam os olhos, o senhor sabe. E desse modo ela está jogando o jogo. Mas creio que o senhor não sabe nada do jogo, e vou contar. Foi assim que começou, escute...

E Poliana, com os olhos embriagados da beleza que via em torno de si, contou pela milésima vez a história das muletinhas que vieram na caixa do missionário, em vez de bonecas. Quando concluiu, fez-se um longo silêncio, e depois o homem se levantou.

— Ah, já vai? — murmurou a menina desapontada.

— Sim, é hora de ir. — E deu um daqueles sorrisos estranhos.

— Mas... volta outro dia?

O homem sacudiu a cabeça, mas sempre a sorrir.

— Espero que não; estou quase certo de que não, menininha. Fiz uma grande descoberta hoje. Eu imaginava que não havia lugar para mim no mundo e que nada mais me restava, mas estou saindo daqui sabendo que possuo dois olhos, duas pernas e dois braços, e vou usá-los, e vou "fazer" com que alguém compreenda que sei agora como usá-los...

Disse e se afastou.

— Que homem esquisito! — murmurou Poliana, seguindo-o com os olhos. — Mas foi gentil comigo e é tão diferente!...

Havia readquirido a confiança em si mesma e prosseguiu no passeio. O homem dissera que aquele parque pertencia ao público, então agora se sentia no direito de aproveitá-lo à vontade. Rodeou o lago até alcançar uma ponte que o atravessava e por ela se meteu. Lá de cima, ficou vendo os botes cheios de crianças e depois examinou uma a uma, para ver se reconhecia Susie Smith. Também sentiu vontade de ir navegar, mas leu o letreiro: "cinco centavos a viagem", e viu que não trouxera dinheiro. Continuou a sorrir para os que passavam e tentou conversar duas vezes, sem nenhum resultado.

Depois saiu dali e tomou um caminho escuro, onde viu um menino extremamente pálido num carrinho, lendo um livro. Quis se aproximar, mas não se sentiu à vontade de interromper a leitura. Mais adiante encontrou uma garota de olhar triste, que olhava para a frente sem ver, assim como o homem. Poliana deu um grito e adiantou-se rápida.

— Oi, como vai? — exclamou. — Estou tão contente de ter encontrado você! Passei um tempo a procurando.

E sentou-se ao lado dela no banco.

A moça olhou-a atônita.

— Que coisa é essa, menina? Eu não a conheço, nunca a vi...

— Nem eu vi a senhora — disse Poliana, sorrindo. — Mas realmente estive à sua procura. Quer dizer, não era bem, bem a senhora ou exatamente a sua pessoa. Eu queria encontrar uma pessoa que se sentisse solitária como eu. Que estivesse sozinha. Todos que vejo por aqui estão acompanhados.

— Compreendo — respondeu a moça, voltando a ficar distraída. — Mas, menina, é muito triste que você tenha percebido isso tão rápido...

— Isso o quê?

— Que o lugar mais solitário do mundo é justamente no meio das multidões.

Poliana franziu a testa como se não tivesse entendido direito.

— Será? Não entendi muito bem — disse ela. — Não vejo que dê para se sentir sozinho com muita gente em volta. Mas... — E hesitou, franzindo ainda mais a testa. — Mas estou vendo que sim. Eu me senti muito sozinha hoje, e havia bastante gente por aqui! Mas ninguém olhava para mim, era como se eu não existisse.

A moça sorriu com amargura.

— Exatamente. As multidões nos ignoram...

— Mas alguém ou certas pessoas da multidão não nos ignoram. Quando eu...

— Sim, algumas — interrompeu a moça, olhando amedrontada para longe. — E às vezes se interessam por nós até demais...

Aquilo soou como alusão à conduta da menina, que se sentiu magoada. As contínuas repulsas daquela tarde haviam lhe deixado sensível.

— A senhora está falando de mim? — exclamou em tom de reclamação.

— Não, menina. Estou falando de alguém muito diferente de você, de alguém que não devia me ver. Estou contente de que tenha falado comigo, mas ao primeiro momento supus que fosse mandada por alguém.

— Pelo visto a senhora não é daqui, assim como eu. Estou de passagem.

— Vivo aqui, sim, agora, se é que dá para chamar isto de vida...

— O que é que a senhora faz da vida? — indagou Poliana interessada.

— Vou dizer o que faço — começou a moça com uma repentina dureza na voz. — Da manhã até a noite, vendo rendas e fitas para moças alegres que riem satisfeitas e conhecem umas às outras. Depois me recolho para um quartinho dos fundos, num quarto andar, onde mal cabem uma cama e um pequeno lavatório. Cadeira furada e eu. No verão parece um forno e, no inverno, vira geladeira, mas é tudo o que tenho. É lá que fico quando volto do serviço. Hoje saí. Não quis ficar naquele quartinho horrível nem ir ler em nenhuma biblioteca. Hoje é meu último feriado deste ano, e resolvi tirar um tempinho. Sou moça e gosto de brincar e rir como as outras que compram as rendas de mim, então resolvi rir e brincar também.

Poliana sorriu, com um gesto aprovativo.

— Fico muito contente de que a senhora tenha essas ideias. Eu penso assim também. É muito bom ser feliz, não? E a Bíblia escreve: "Sê contente, rejubilai-vos" em uns oitocentos lugares, papai que me contou. A senhora com certeza conhece esses "textos alegres", não?

A moça fez com a cabeça um gesto negativo. Não conhecia nada da Bíblia.

— Pois eu conheço. Meu pai era ministro e...

— Ministro?

— Sim. O seu também? — gritou Poliana, adivinhando a resposta.

— Pois é, o meu também.

— Ah! E foi morar com Deus e os anjos?

A moça ergueu os olhos para a copa das árvores.

— Não. Está vivo — murmurou.

— Então a senhora deve ficar muito contente disso — suspirou Poliana com inveja. — Às vezes, penso na felicidade que seria ver meu pai só mais uma vezinha... A senhora vê sempre o seu, não é?

— Raramente. Ele anda por lá e eu por aqui.

— Mas pode vê-lo, e eu não. Meu pai se mudou para o céu, com minha mãe e todos os maninhos. E mãe? Você tem?

— Tenho mãe, sim — respondeu a moça com dificuldade, fazendo gesto de erguer-se para fugir.

— Ah, então a senhora pode ver os dois! — murmurou Poliana, com todos os tons da saudade impressos no rosto. — Como deve ser feliz! Porque não há ninguém no mundo que realmente nos queira tão bem quanto pai e mãe. Eu sei disso porque tive pai até os onze anos. Mãe perdi muito cedo, e minha verdadeira mãe foi uma dama da Sociedade Beneficente e, depois que vim de lá, minha tia Poli. As damas da Sociedade são boas, mas estão longe de ser como as mães ou como a tia Poli...

Poliana falou e falou e falou. Estava à vontade e havia encontrado ouvidos. Não havia nada de errado em confidenciar com aquela estranha. Todas as criaturas do mundo ela considerava amigos naturais, fossem conhecidas ou desconhecidas. E até achava as desconhecidas mais interessantes por causa do mistério de suas vidas. Aquela moça para a qual contava de seu pai, da tia Poli, da velha casinha no Oeste e da sua estada em Beldingsville era uma confidente como outra qualquer. Ela, então, contou tudo, dos novos amigos e dos velhos, acabando por ensinar o jogo do contente. Fazia parte da sua natureza esse jogo.

Já a moça pouco disse de si mesma; mas parecia inquieta, quase como se tivesse sido influenciada pelo que ouvira. De vez em quando torcia as mãos e olhava apreensivamente ao redor. Num desses momentos, seus dedos agarraram o braço de Poliana.

— Escute, menina: não saia do meu lado nem por um segundo, está entendendo? Fique onde está. Há um homem lá e, não importa o que ele disser, não dê atenção e não se levante. Eu estou aqui com você, vim com você, entendeu?

Antes que Poliana pudesse abrir a boca para responder, um moço adiantou-se e parou diante delas, um sujeito bem-vestido.

— Ah, já está aqui! — disse ele, sorrindo para a moça. — **Quero que me desculpe por ter chegado um pouco tarde.**

— Não há problema nenhuma, senhor — respondeu a moça precipitadamente. — Mas... decidi não ir.

O moço deu uma risada cínica.

— Não seja má, minha cara. Não castigue um camarada só porque chegou uns minutinhos tarde...

— Não se trata disso — respondeu a moça com o rosto todo vermelho. — Quero dizer que pensei e resolvi não ir.

— Que absurdo! — exclamou o moço. — E que indecisa, ainda ontem me deu certeza.

— Dei, mas mudei de ideia, até já contei aqui para minha amiguinha.

— Ah, vá com o moço, ele parece tão boa pessoa! — começou Poliana ansiosa; mas o olhar da moça a fez ficar em silêncio.

— É isso. Decidi não ir. Não vou e pronto — declarou com firmeza.

— Mas, pelo amor de Deus, me explique o porquê — insistiu o rapaz, com uma expressão nos olhos que fez Poliana mudar de ideia a seu respeito e já não o achar boa pessoa como antes.

— Eu sei o que prometi — interrompeu a moça nervosa. — Mas pensei melhor e vi que não devo ir. Mudei de ideia. Acabou.

Não foi tudo. O moço insistiu ainda duas vezes e terminou a olhando com ódio, com umas palavras raivosas em tom baixo, que escaparam a Poliana. E afastou-se furioso.

A moça acompanhou-o com os olhos tensos até longe e depois, para se acalmar, apoiou a mão trêmula sobre o braço da menina.

— Obrigada, meu anjinho. Devo a você muito mais do que pode imaginar. Adeus.

— A senhora já vai, então? — queixou-se a menina.

A moça deu um sorriso cansado.

— Tenho que ir — disse. — Ele pode voltar e estou com medo de...

Não concluiu. Levantou-se, caindo no choro.

— Ele é o tipo dos que prestam atenção demais na gente, o que não é nada bom para mim, pelo menos. — E foi embora.

— Que moça esquisita! — murmurou Poliana e a seguiu com os olhos até longe. — Bem gentil, mas muito diferente.

JERRY RECONDUZ POLIANA

Não demorou muito para que Poliana alcançasse o extremo do jardim, um ponto onde duas ruas se cruzavam. Era uma esquina muito movimentada de bondes, automóveis e pedestres. Uma enorme garrafa azul na vitrine de uma farmácia lhe chamou a atenção e logo depois os sons distantes de um realejo. Sem hesitar um momento, Poliana correu na direção da música.

O que encontrou a deixou bastante interessada. Uma dúzia de meninos dançando ao redor de um realejo e um homem corpulento e fardado, que ajudava as pessoas a atravessar a rua. Poliana parou para olhá-lo e depois resolveu também atravessar a rua.

Foi uma experiência admirável. O homenzarrão fardado viu-a e imediatamente acenou para ela, chamando-a, ao mesmo tempo que se dirigia para o seu lado. A menina então atravessou a rua enquanto os motoristas buzinavam impacientes. Aquilo de todo o tráfego parar para que ela passasse lhe deu uma sensação de felicidade que durou pouco. Por mais duas vezes repetiu a manobra, para aproveitar a mágica abertura que a mão erguida do homenzarrão fazia no tráfego, mas da última ele franziu a testa.

— Olhe aqui, menina, não foi você mesma que atravessou a rua há um minuto? — perguntou ele.

— Sim, fui eu mesma, senhor. Já cruzei a rua quatro vezes!

— Hum! — rosnou o policial atônito; mas Poliana continuou:

— É excelente! Cada vez melhor!

— Ah, é mesmo? — rosnou o homem. — Você acha que eu sou o quê? Um robô, para ficar levando você de cá para lá e de lá para cá todo o tempo.

— Ah, não, senhor! — sorriu Poliana. — Está claro que não está aqui só por minha causa, há mais gente. Eu sei quem o senhor é. É um policial! Nós temos um lá onde mora dona Carew, mas é diferente, do tipo que fica andando de cá para lá na rua. No começo pensei que os senhores fossem soldados por causa dos botões amarelos e dos bonés, mas agora já aprendi quem são. Porém, continuo a considerá-los soldados, porque são corajosíssimos, ficando como ficam no meio da rua, sem fugir dos automóveis e ajudando os que querem passar de uma calçada para a outra.

— Hein? Ah! Ah! Brrr! — chiou o homem, corando como um escolar. — Com que então... — interrompeu-se de novo para levantar o braço no gesto napoleônico de "Pare!", a fim de escoltar uma velhinha que ia de uma esquina à outra. O seu andar mostrou-se um pouco mais imponente, e o peito estufou-se um pouco mais, num inconsciente tributo à menininha que o acompanhava com olhos admirados. Logo depois, mandando com outro gesto imponente que a onda do tráfego seguisse seu curso, voltou para a esquina de Poliana.

— Ah, foi esplêndido! — exclamou a menina com um fulgor de entusiasmo nos olhos. — Gosto de ver isso! Parece até o povo judeu cruzando as águas do Mar Vermelho, e o senhor segurando o mar dos dois lados! Como não deve ficar contente desse trabalho lindo! Eu antigamente imaginava que o trabalho dos médicos devia ser o mais alegre de todos, mas acho que o dos policiais é melhor, imagina atravessar as pessoas nesta confusão de movimento, o senhor sabe. E...

Mas o homenzarrão, com um outro "Brrr!" e de novo vermelho como uma criança, já se dirigia para o centro da rua, deixando a menina sozinha no seu ponto de observação. Ficou ela por ali ainda uns momentos, fascinada pelo seu "Mar Vermelho", e em seguida deu de andar.

"Acho que é hora de voltar para casa", pensou Poliana consigo mesma e tratou de pegar o caminho.

Mas só depois de se atrapalhar em mais duas esquinas é que verificou que isso de voltar para casa não era tão simples assim. Andou um bom pedaço ainda, desnorteada, e foi só quando viu um enorme edifício desconhecido que teve certeza de que havia perdido o caminho.

Poliana foi parar numa rua estreita e suja, de péssimo calçamento, com feios quarteirões e armazéns mais feios ainda, às esquinas. Pelas calçadas e portas caminhavam homens e mulheres, fofocando numa língua que Poliana desconhecia, e olhavam-na curiosos, vendo que não era do bairro. Por várias vezes a menina indagou o caminho. Ninguém, entretanto, parecia conhecer dona Carew ou saber da rua em que ela morava — pelo menos foi o que Poliana deduziu das respostas dadas naquela gíria incompreensível. "Devem ser holandeses como os Haggermans", pensou ela, lembrando-se da única família estrangeira de Beldingsville.

E, rua acima, rua abaixo, vira aqui, vira lá, a menina cada vez mais atrapalhada não conseguia orientar-se naquele emaranhado de ruas feiíssimas, tão diferentes da linda avenida de dona Carew. Isso aterrorizou-a. Estava já cansada, tinindo de fome e com os pés a arderem, e não demorou para que viessem lágrimas aos olhos. E o pior de tudo era que estava começando a escurecer. Mas Poliana tentou reagir.

— Em todo caso — murmurou para si mesma —, vou ficar contente de ter me perdido, porque deve ser muito bom me encontrar de novo. Acho que posso ficar contente com isso.

Numa esquina muito barulhenta a menina parou, sem ânimo para mais um passo que fosse, e como não havia trazido lenço, começou a enxugar as lágrimas com a mangas.

— Oi! — gritou uma voz de menino. — Por que é que está chorando, garota? Alguém matou seus cachorrinhos?

Era um pequeno vendedor de jornais. Poliana olhou para ele como quem olha para a salvação e sorriu.

— Ah, estou tão contente de ver você! — exclamou. — Já andava cansada de só ouvir falatório em holandês.

O menino fez uma careta alegre.

— Holandês, nada! É dago.

Poliana não entendeu e disse confusa:

— Seja o que for, inglês é que não é. Ninguém consegue responder às minhas perguntas, e quem sabe você não pode? Não sabe onde mora dona Carew?

— No meu bolso é que não mora, pode olhar se quiser.

— Quê...? — murmurou a menina ainda mais atrapalhada.

O rapaz fez outra careta cômica.

— Eu disse que não sei, que não conheço essa madame.

— Mas será que não há ninguém por aqui que a conheça? — implorou a menina. — Você sabe, eu saí para um passeio e me perdi. Nunca me afastei tanto de casa, e a casa sumiu, e é hora do jantar, quase noite e nada! Quero voltar. Preciso voltar.

— Meu Deus! Pois eu sinto muito, menina — disse num tom cômico o simpático rapaz.

— Dona Carew também vai sentir muito! — suspirou Poliana.

— Irra! Você "não tem limites"... — riu o menino. E depois, contendo-se: — Escute, você não sabe o nome da sua rua?

— Não sei. Só sei que é uma avenida larga.

— Uma avenida? Ah! Por que não diz logo que é um bairro ou uma cidade? Uma avenida! Você é bem espertinha. E o número da casa, ao menos? Vamos, vasculhe esses miolos.

— Vasculhar... meus... miolos? — repetiu Poliana e foi erguendo a mão para coçar a cabeça.

O rapaz fez uma careta com desdém.

— Puxa! Nunca vi coisa assim. Perguntei se você não sabe o número da casa em que mora, entendeu?

— N...ão. Só sei que há nele um sete — respondeu Poliana com uma vaga esperança.

— Mas que coisa! Há um sete no número!... E não há uma vírgula também?

— Espere! Mas eu conheço a casa e se a vir direi qual é... — afirmou Poliana com ansiedade. — Também acho que reconhecerei a rua, porque tem no meio um quintal compridinho, que vai até o fim.

— Quintal compridinho? — repetiu o rapaz atônito.

— Sim, cheio de gramado com árvores alinhadas no meio, e bancos...

— Meu Deus — exclamou o menino, interrompendo-a vitorioso — Avenida Commonwealth, juro! Não é isso?

— Parece que é! Acho que é! — concordou Poliana já reanimada.

— Perto de um jardim? Isso mesmo. Pois levarei você lá. Não agora. Tenho de acabar o serviço, vender estes jornais.

— Quer dizer que me leva para casa? — perguntou a menina para ficar bem segura da promessa.

— Claro! Vai ser mamão com açúcar se você souber mesmo qual é a casa.

— A casa conheço muito bem — afirmou a literalíssima Poliana. — Mas o mamão com açúcar...

O rapaz, entretanto, não esperou pelo fim e meteu-se pela multidão, anunciando os seus jornais. Poliana ficou por ali, fungando e a ouvi-lo anunciar:

— Herald! Globe!...

Estava cansadíssima, mas feliz. A despeito dos esquisitíssimos aspectos do seu caso, sentia confiança no rapaz e tinha certeza de que a salvaria.

— É gentil, e eu gosto dele — murmurava de si para si, não o perdendo de vista por um só instante. — Mas fala tão esquisito! Suas palavras cheiram a inglês, mas às vezes não fazem sentido. Ah, estou tão contente de o ter encontrado!

Minutos mais tarde o vendedor de jornais voltou de mãos vazias.

— Pronto, moça. Toca o bonde! — veio ele gritando. — E agora é fincar o pé no mundo até a tal avenida. Roda!

O trajeto foi feito pela maior parte em silêncio. Poliana pela primeira vez na vida descansava a língua e nem das damas da Sociedade Beneficente falou; e o rapaz não era papagaio, tinha pressa; só cuidava de encurtar o percurso. Quando, ao dobrar uma esquina, o jardim público apareceu, a menina exclamou cheia de alegria:

— Ah, estamos perto! Lembro deste lugar, deste jardim. Passei nele uma tarde muito gostosa. Pertinho de casa!

— Tá bom! — gritou o rapaz. — E agora? É só atravessar a avenida e está em casa. Se o sete é no fim do número, o lado é aquele, porque sete é ímpar, e o lado ímpar fica lá.

— Não se incomode com a casa; conheço-a muito bem — afirmou Poliana confiante e certa de que pisava em terreno firme.

Já era noite quando soou a campainha da residência de dona Carew. A dama apareceu, seguida de Mary.

— Menina, menina, por onde andou você, menina? — foram as palavras de dona Carew.

— Eu... eu estava passeando — começou a garota perdida —, mas me perdi e este menino me trouxe...

— Onde a encontrou? — quis saber dona Carew, voltando-se para o rapaz que naquele momento olhava com espanto para todas as riquezas que via na sala do palácio. E teve de repetir a pergunta, de tão distraído que o menino estava.

— Ela? Ah, encontrei-a lá pelo Bowdoin Square, e suponho que andou pelo North End inteiro, só que não entendia uma palavra sequer dos dagos e ninguém pôde socorrê-la.

— O North End! Sozinha no North End. Uma menina! Que horror, Poliana!

— Eu não estava sozinha, não, dona Carew — defendeu-se Poliana. — Havia muita gente por lá, não era mesmo, menino?

Mas a testemunha da multidão do North End já ia se esgueirando para a rua e não respondeu.

Poliana ouviu um longo sermão e aprendeu muita coisa. Aprendeu que as meninas decentes não fazem passeios sozinhas por uma cidade desconhecida nem se sentam em bancos dos parques para conversar com estranhos. Soube também que só por um verdadeiro milagre tinha voltado para casa naquela noite e escapado das possíveis consequências de sua imprudência. Ficou sabendo, em suma, que Boston não era Beldingsville.

— Mas, dona Carew — protestou ela, por fim, tonta de tantas broncas —, no fim das contas eu cheguei e sem faltarem pedaços. Acho que devemos ficar contentes, em vez de descontentes, pensando em todas as coisas de ruim que podiam acontecer e não aconteceram.

— Sim, sim — suspirou dona Carew —, mas o susto por que passamos foi grande e quero que me garanta, garanta-me, entendeu? Que isso nunca mais se repetirá. Você deve estar com fome, vá jantar.

Logo depois, na cama, quando o sono já estava a invadi-la, um último pensamento inquietou Poliana.

— Mas que coisa! Esqueci de perguntar o nome dele e o endereço e agora não poderei agradecer ao menino...

7

NOVO CONHECIDO

Depois dessa aventura, Poliana viveu mais guardada e, salvo para ir à escola, não tinha autorização de sair de casa sem ser com Mary ou dona Carew. Isso em nada a aborreceu, porque gostava de andar com qualquer das duas, as quais lhe pagavam na mesma moeda. Depois do susto que levara, dona Carew insistia em entretê-la mais do que antes. Levava-a a concertos e matinés, à Biblioteca Pública e aos museus; e Mary a levava a passeios para "ver Boston", com paradas na State House e na Old South Church.

Poliana gostava muito de andar de automóvel, porém mais ainda de andar de bonde, como dona Carew, com surpresa, veio a saber um dia.

— Iremos de bonde? — perguntara a menina.

— Não, Perkins nos levará — respondeu dona Carew e logo acrescentou, vendo o ar de desapontamento de Poliana: — O que foi? Pensei que gostasse de andar de automóvel.

— Ah, gosto, sim — respondeu a menina. — E também reconheço que vale mais a pena, por ser mais barato.

— Mais barato? O automóvel é mais barato? — exclamou dona Carew, atônita.

— Sim, dona Carew, o bonde custa cinco centavos por pessoa e o carro não custa nada, porque é seu mesmo. Gosto do automóvel, sim, mas gosto mais do bonde por causa das pessoas. A senhora não pensa assim?

Dias depois, Mary contou a dona Carew das relações da menina nos bondes.

— É espantoso, dona Carew, como Poliana junta todo mundo ao redor dela num instantinho! E ela não faz nada, é sem querer. Creio que é porque olha daquele jeito para todas as pessoas. Quando entra num bonde, está tudo como sempre, cheio de homens azedos e mal-encarados, mulheres de cara aborrecida, crianças chorando, e em cinco minutos tudo muda. Os homens criam outra cara, as mulheres ficam todas risonhas e as crianças se esquecem de choramingar.

"Por quê? Às vezes, é uma coisa de nada que ela me diz e todos ouvem. Às vezes, é o simples 'obrigada!' que ela diz para quem lhe cede o lugar, e todos lhe cedem quantos lugares a menina quer, é esquisito... Às vezes, é o jeitinho de sorrir para outra criança ou para algum cachorrinho de colo. Não há cachorro que não sacuda a cauda quando a vê, e também não há criança que não venha para o lado dela. Se não há lugar, e Poliana fica de pé comigo, é outra festa! E festa maior se a gente toma o bonde errado. É assim a abençoada menina. Mexe com toda a gente. Esquisito, não?"

O mês de outubro veio bastante quente naquele ano, mas uma delícia, com os seus dias dourados. Isso fez com que a paciência de todos da casa se esgotasse de tanto andar com a menina de cá para lá. Dona Carew, entretanto, revoltava-se de ter de consagrar tanto tempo e paciência para satisfazer as vontades de Poliana. Apesar disso, deixar a menina em casa durante dias tão belos era coisa que não passava pela cabeça de ninguém. A consequência foi que Poliana acabou autorizada a passear sozinha no jardim público. Tornara-se tão livre como antes, mas só na aparência, porque havia em torno de si muitas recomendações.

Regulamento: não conversar com estranhos, homem ou mulher; não brincar com crianças desconhecidas; não sair do Jardim, exceto para voltar para casa. E Mary, que a levou pela primeira vez depois do "desastre", antes de deixá-la lá certificou-se muito bem de que sabia voltar sozinha. E era para voltar logo que o relógio da torre marcasse quatro e meia.

Poliana passou então a ir com muita frequência ao jardim, sozinha ou com coleguinhas da escola, e apesar das restrições aproveitava esses passeios como ninguém. Podia livremente "ver" as pessoas, embora não lhes dirigisse a palavra, só falava com os esquilos, pombos e pardais que se reuniam em torno dela para comer migalhas de pão e mais coisas que ela nunca se esquecia de levar.

Procurou com insistência qualquer dos amigos do primeiro dia — o homem que ficara tão contente de ter olhos, pernas e braços, e a mocinha que não quis ir com o moço bonito —, mas nunca os viu. Só viu aquele menino com deficiência, no carro de grandes rodas, e muito lamentou não poder dirigir-lhe a palavra. O menino fazia como ela — divertia-se a dar migalhas aos pardais e esquilos, deixando que estes metessem as cabecinhas em seu bolso para fuçar o que existia lá. Poliana, que o observava de longe, notou algo estranho: apesar do interesse do menino em alimentar os bichinhos, o seu estoque de migalhas sempre acabava num instante — e ele ficava a olhar desapontado para os esquilos que não conseguiam comer. Mas no dia seguinte era a mesma coisa — ele não trazia mais pão do que no anterior.

Quando o menino não estava brincando com os pardais e os esquilos, ficava lendo. Em seu carrinho havia sempre dois ou três livros muito surrados e várias revistas. Seu carrinho aparecia sempre no mesmo lugar, e Poliana estranhava esse fato. Um dia, porém, descobriu a causa. Era feriado, e Poliana viera ao jardim mais cedo que de costume — e foi só depois de estar ali já há algum tempo que viu aproximar-se o carrinho, empurrado por outro menino, de cabelos ruivos. Poliana deu um grito e correu ao seu encontro.

— Ah, você! Eu o conheço, embora não saiba o seu nome. Foi você quem me achou naquele dia, lembra? Ah, que felicidade de o ter encontrado de novo para agradecer o que me fez.

— Meu Deus! — exclamou o menino com o rosto iluminado. — A menina da avenida! Está perdida de novo?

— Ah, não! — respondeu Poliana, dançando de alegria. — Eu não me perco mais agora, não posso sair daqui. E também não posso falar com nenhum desconhecido. Com você posso, porque somos conhecidos, não é?

O rapaz riu e bateu no ombro do menino com deficiência.

— Está vendo? É uma companheirinha das boas. Vou apresentá-los. — E fez uma apresentação pomposa: — Madame, este é o meu amigo sir James, Lorde do beco dos Murphys...

O menino do carrinho interrompeu-o:

— Jerry, deixa de bobagem! — E voltando-se para Poliana, com cara alegre: — Já a tinha visto muitas vezes, dando comida aos bichinhos, e sempre traz tanta coisa! Acho que você gosta mais de Sir Lancelot, não é assim? E há a Lady Rowena, que foi tão bruta para com Guinevere ontem, roubando o jantar dele, sabe?

Poliana ficou piscando, olhando para um e para outro, sem entender coisa nenhuma. Jerry deu uma gargalhada e depois retomou a condução do carrinho para o lugar de sempre. De lá acenou para Poliana, chamando-a.

— Escute, menina, este garoto não está louco nem bêbado, não. É que dá nomes a todos os amigos daqui. — E apontou para os pardais e esquilos que já vinham chegando. — Todos têm nomes de gente, nomes caçados nos livros históricos! Ele prefere ficar sem comer do que deixar em jejum esses amigos. Bom. Agora tenho que ir. Sir James, tchauzinho! Menina, adeus!

E se afastou.

Poliana ainda ficou a piscar por uns instantes, até que o menino com deficiência a chamou com outro sorriso e disse:

— Não faça caso das prosas de Jerry. É o jeito dele, mas cortaria o braço por mim, se fosse preciso. Tem a mania de brincar, de caçoar o tempo todo. Onde você o viu? Já são conhecidos, mas de onde? Ele não me deu o seu nome.

— Sou Poliana Whittier. Eu me perdi outro dia na cidade, e foi ele que me achou e me levou direitinho para casa.

— Ah, sim! Jerry é desses. Todos os dias me traz neste carro até aqui.

Uma viva simpatia brilhou nos olhos da menina.

— Então não pode andar, senhor... sir James?

O menino deu uma gargalhada.

— Sir James! Isso é brincadeira do Jerry. Não sou sir coisa nenhuma.

Poliana pareceu um tanto desapontada.

— Então... não é um lorde?

— Claro que não.

— Pensei que fosse um lordezinho Fauntleroy...

Mas foi interrompida pela pergunta precipitada do menino:

— Conhece o lordezinho de Fauntleroy? E conhece também sir Lancelot, e o santo Graal, e o rei Artur com a sua Távola Redonda, e Lady Rowena, e Ivanhoe e todos eles? Conhece?

Poliana fez que sim com a cabeça, um sim meio em dúvida, um meio sim.

— Conheço, mas não todos. São dos livros, não é?

O menino assentiu.

— Tenho aqui todos — disse ele. — Ou quase todos esses livros. Vivo a lê-los e relê-los, porque encontro sempre coisas novas e porque não tenho outros. Estes foram de papai.

Interrompeu-se para ralhar com o esquilo que saltara em seu colo e começara a esfuracar o seu bolso:

— Guloso! Não espera ser servido, este é sir Lancelot. Sempre o primeiro a avançar. — E do fundo do carrinho tirou uma caixa de papelão, que abriu lentamente. Espiando em olhinhos vivos, acompanhavam-lhe a manobra esquilos e redores. Inúmeros pardais e pombos se aproximavam. Aberta a caixa, tirou de dentro um punhado de castanhas e olhou-as, hesitante.

— Você trouxe alguma coisa? — perguntou à menina.

— Um monte! — respondeu ela, batendo num saco de papel que tinha na mão.

— Ótimo! — exclamou o menino. — Nesse caso, eu posso comer o que trouxe.

E devolveu as comidas para a caixa.

Poliana não percebeu o alcance daquele gesto e, abrindo o saco de papel, começou a banquetear os bichinhos.

Foi uma hora admirável. Foi mesmo a mais bela hora que Poliana ainda passara no jardim. Pôde falar o quanto quisesse. Falar e ouvir, porque aquele maravilhoso menino era uma inesgotável mina de histórias de condes, damas, fadas, torneios e batalhas. E tão vivamente narrava, que Poliana via desdobrar-se ao redor mil maravilhas dos tempos antigos, embora na realidade só houvesse ali pardais, pombos e esquilos.

As damas da Sociedade Beneficente foram esquecidas. Poliana esqueceu-se até do jogo do contente e, com os olhos cheios de ânsia, mergulhou nas idades de ouro, guiada pela imaginação reluzente do pequeno menino. O precioso menino parecia ser, afinal, o sonhado companheiro da sua solidão e da sua saudade.

Só quando o relógio marcou as quatro e meia e partiu correndo para casa é que se lembrou que nem lhe indagara do nome.

— Por enquanto fica sendo sir James. Não faz mal. Amanhã saberei o nome de verdade.

8

JAMIE

Poliana teve uma decepção no dia seguinte: não pôde ver o menino com deficiência por causa da chuva. E no terceiro, apesar de ter ido para o jardim bastante cedo, também não o viu. Só no quarto dia o encontrou no seu carrinho, no lugar de costume.

— Ah, estou tão contente de vê-lo outra vez! Por que não veio ontem?

— Não pude. A dor não me permitiu — explicou o menino, que se mostrava pálido e abatido.

— A "dor"? Então dói? — admirou-se Poliana, já cheia de simpatia.

— Dói sempre — disse o menino com tristeza. — Normalmente eu aguento e posso vir até aqui; outras vezes dói demais, como ontem, então não venho.

— Mas como pode aguentar a dor, se dói assim, sempre?

— Como? Ah, "tenho" que aguentar. O que é de um jeito não pode ser de outro, e a gente acaba se acostumando. O meu consolo é que quanto mais dói num dia, menos dói no outro.

— Eu sei! — gritou Poliana. — É o jo... — mas o menino interrompeu-a, preocupado com outra coisa.

— Trouxe bastante hoje? Eu não consegui nada. Jerry não conseguiu economizar um centavo para um pacotinho de amendoim, e não tive nada nem para mim nesta manhã.

Poliana arregalou os olhos.

— Quer dizer... quer dizer que não teve nem para você? Que não comeu nada?

— Isso mesmo — respondeu o menino, sorrindo. — Mas não precisa ficar triste. Não é a primeira vez e não será a última. Estou acostumado. Lá vem vindo sir Lancelot.

Mas Poliana não deu atenção aos esquilos.

— Não havia, então, nada na sua casa? Não sobrou nada?

— Nunca sobra nada em casa — disse o menino, sorrindo. — É que mamãe trabalha fora, lavando roupa, e traz alguma coisa das casas onde trabalha, e Jerry se vira como pode durante o dia; de manhã e de noite come em casa, isso se tiver o que comer.

A menina arregalava cada vez mais os olhos, toda surpresa e com dó.

— Mas o que você faz quando não tem nada para comer?

— Não como. Fico quieto com a minha fome, só isso.

— Pois eu nunca ouvi falar de ninguém que não tivesse nada para comer — murmurou Poliana. — Lá em casa, meu pai era bem pobre, e nós comíamos bolos de peixe sempre que tínhamos desejo de comer peru, mas "havia" bolo de peixe. Por que você não conta isso para todos que vivem em tão lindas casas?

— Para quê?

— Para que eles deem coisas a você, coisas de comer.

O menino riu de um modo estranho, com os olhos nos bichinhos.

— Lá vem outro! — E voltando ao assunto: — Ninguém, que eu saiba, faz tortas e guarda bifes para quem vai pedir. Além disso, se a gente não passa fome de vez em quando, não pode saber como é gostoso um copo de leite, e há ainda o Jolly Book...

— O... quê?

Um sorriso de constrangimento desenhou-se no rosto do menino.

— Nada. Pensei que estava falando com mamãe ou com Jerry.

— Mas o que é o Jolly Book? — insistiu Poliana com a curiosidade acesa. — Diga, por favor! Livro de príncipes encantados e gatinhas borralheiras?

O menino sacudiu a cabeça.

— Não, que bom seria se fosse! — suspirou. — Mas quando a gente nem andar pode, também não pode lutar, e levantar troféus, e ter lindas damas que nos entreguem as espadas.

Seus olhos flamejavam e ficou pensativo, mas logo, recaiu na distração habitual.

— Não se pode fazer nada — disse ele. E depois de um instante de silêncio: — Só de estar sentado e pensar, às vezes o pensamento fica horroroso. É assim comigo. Quero ir para a escola e ver coisas, mais coisas do que há lá em casa, e fico pensando nisso. Quero correr e jogar bola com os outros meninos. Quero vender jornais, como o Jerry, quero não depender dos outros a vida inteira, então fico pensando nisso.

— Compreendo, compreendo — murmurou Poliana com os olhos úmidos. — Já estive sem pernas por um tempo...

— Já? Então você me entende. Mas você ganhou as pernas de novo, e eu, não — suspirou o menino com a tristeza aumentada em seus olhos.

— Conte-me tudo — pediu Poliana. — Ainda nem sei nada de sua história. E me conte do Jolly Book, estou morrendo de curiosidade.

O sorriso envergonhado voltou ao rosto do menino.

— Ah, não é grande coisa, exceto para mim. Comecei-o um ano atrás, num dia em que me senti muito mal. Estive pensando. Depois tomei um livro de meu pai e a primeira coisa que li foi esta, que guardei de cor:

"Em tudo podemos encontrar prazer

"Na folha que cai existe alegria

"Alegria de silêncio e som.

"Esses versos me deixaram furioso. Eu quis meter quem os escreveu neste carrinho para ver que espécie de prazer encontraria em minhas 'folhas'. Fiquei tão furioso que resolvi provar que o poeta não sabia o que estava dizendo, e comecei então a reunir todas as 'folhas', compreende? Tomei um livro em branco, que era de Jerry, e comecei a escrever. Tudo que se relacionava com o assunto fui escrevendo ali, para mostrar quantas 'alegrias' me cabiam.

— Sim, sim! — exclamou Poliana, pensativa, enquanto o menino fazia uma pausa para respirar.

— Não juntei muita coisa, mas juntei alguma coisa, mais do que imaginei, coisas de que eu gostava um "pouco". A primeira era o livro em si, o livro que eu ia escrever; depois alguém me deu um vaso de flor, e Jerry encontrou um lindo livro no metrô. Depois disso era com prazer que eu caçava coisas. Outro dia Jerry pegou o meu livro e descobriu tudo. E lhe deu esse nome: Jolly Book. E... é só isso.

— Só, só isso? — gritou Poliana radiante. — Ah, é o jogo! Você está jogando o jogo sem saber! Com a diferença que está jogando muito melhor que eu, porque... porque eu não poderia jogá-lo se tivesse uma deficiência e muitas vezes não tivesse nada para comer.

— Jogo? — perguntou de testa franzida o menino. — Que jogo é esse?

Poliana bateu palmas.

— Eu sei que você não sabe! Sei, sei, e é por isso que estou achando maravilhoso o acontecimento. Mas escute. Vou contar como o jogo é.

E contou tudo.

— Meu Deus! — exclamou o menino. — Que coincidência interessante, não?

— E aí está você a jogar o meu jogo melhor do que ninguém, sem sequer saber o nome! Não é maravilhoso? Mas quero saber tudo. Me conte tudo, todo o resto.

— Não há mais nada — sorriu o rapaz. — E olhe! Sir Lancelot e todo o bando estão à nossa espera.

— Gulosos! — exclamou Poliana, voltando-se para o bandinho faminto. Depois de esparramar um jato das migalhas que trouxera: — Pronto! Estão satisfeitos e podemos conversar sossegados. Preciso saber muita coisa. Em primeiro lugar: qual é o seu nome? sir James é brincadeira, eu sei.

O menino sorriu.

— É, não é esse mesmo. Jerry me chama assim; Mumsey e a maioria das pessoas me chamam de Jamie.

— Jamie! — repetiu a menina, retendo o fôlego. Um brilho intenso refletiu em seus olhos. — "Mumsey" significa mamãe?

— Significa.

A esperança de Poliana baqueou. Se aquele Jamie tinha mãe, não podia ser o Jamie de dona Carew, cuja mãe já havia morrido há muito tempo. Apesar disso, prosseguiu, imensamente interessada.

— E onde você mora? Há mais alguém na casa, além de sua mãe e de Jerry? Você vem ao jardim todos os dias? Onde está o Jolly Book? Será que posso vê-lo? O doutor acha que ainda tem cura? E como arranjou este carrinho?

O rapaz riu do amontoado de perguntas.

— Espere. Quantas perguntas quer que eu responda ao mesmo tempo? Tenho que ir por partes e vou começar pela última. Este carrinho eu ganhei faz um ano. Jerry conhece um desses homens que escrevem nos jornais e contou-lhe a história da minha doença e do Jolly Book, tudo o que sei é que um bando de mulheres apareceu lá em casa com este carrinho, dizendo que era meu. Tinham lido o artigo que o homem escreveu e...

— Meu Deus! Como você deve ter ficado contente!

— Fiquei, sim, e enchi toda uma página do Jolly Book com a história do carrinho.

— E quanto a se curar?

— Não tenho esperança. Eles dizem que não vou melhorar nunca.

— Foi o mesmo que disseram de mim, quando o doutor Ames veio de Nova York me ver. Estive um ano de cama e acabei me recuperando. Com você pode ser a mesma coisa.

O menino sacudiu a cabeça, incrédulo.

— Comigo é impossível. Custaria muito dinheiro. Não vamos pensar nisso. Nunca mais vou andar e ponto-final, então tento não pensar nisso. Você sabe como é quando a gente pensa muito numa coisa!

— Sim, sei — murmurou Poliana arrependida. — Já disse que você sabe jogar o jogo melhor do que eu e vejo que é assim. Mas continue. Onde mora? Só tem um irmão, Jerry?

— Só um, e não é meu irmão nem Mumsey é minha mãe. Eles têm sido tão bons para mim!

— Quê? Quê? — disse Poliana, saltando de novo em alerta. — Mumsey não é sua mãe?

— Não. Não me lembro da minha mãe, e papai morreu faz uns seis anos.

— Que idade você tinha, nesse tempo?

— Não sei. Era bem pequeno. Mumsey calcula uns seis anos. Foi quando me abrigou.

— E seu nome é mesmo Jamie? — insistiu Poliana, ansiosa pela confirmação.

— Já disse que sim.

— E o outro nome, o nome da família?

— Não sei.

— Não sabe?!

— Não me lembro. Eu era muito pequeno. Nem os Murphys sabem. Sempre me conheceram por Jamie, apenas.

— Bom — disse Poliana desapontada, mas ainda cheia de esperanças. — Se não sabe qual é o seu nome de família, não pode contestar que ele seja, por exemplo, Kent...

— Kent? — admirou-se o menino. — Por que Kent?

— Vou explicar. Houve um menino chamado Jamie Kent que... — Mas interrompeu-se de repente.

Parecia melhor não deixar o menino saber, por enquanto, da história do Jamie perdido. Antes, precisaria ter mais certeza. Lembrou-se da vergonha de quando teve de contar a Jimmy Bean que as damas da Sociedade Beneficente não queriam recebê-lo. E determinou-se a nunca mais fazer isso, a fim de não correr o mesmo risco. Em consequência, assumiu um tom de indiferença e disse:

— Não vamos perder tempo com esse tal Jamie Kent, continue a contar sua história. Estou interessadíssima.

— Não há nada a contar — hesitou o menino. — Eles diziam que papai era um esquisitão e evitavam falar dele. Nem mencionavam o nome. Tratavam-no como "professor". Mumsey contou que meu pai morava num sótão da casa de Lowel, onde ela então residia. Eram pobres naquele tempo, mas não tanto como agora. O pai de Jerry ainda vivia e trabalhava.

— Continue, continue...

— Mumsey diz que meu pai era doente e que foi se tornando cada vez mais esquisito, de modo que os Murphys me abrigaram. Por essa época eu andava, mas já com alguma dificuldade. Brincava com Jerry e com a menina que morreu. Depois meu pai morreu, e não tive quem tomasse conta de mim. Uns homens me colocaram no orfanato para que eu substituísse a mortinha. Depois fui piorando, até chegar no que estou. Bela história, não? Vê quanto vale ter bom coração como os Murphys?

— Ah! Sim, vale muito! — gritou Poliana. — Eles, sua mãe e Jerry ainda vão ser recompensados pelo que fizeram, eu sei disso.

Poliana sentia-se a irradiar de felicidade. As últimas dúvidas haviam desaparecido. O tão procurado Jamie era aquele mesmo. Estava certa, agora. Mas nada podia revelar ao menino antes que dona Carew o visse. Depois, então...

A cabecinha de Poliana fervia ao imaginar a cena. Levantou-se e deixou cair de seu colo sir Lancelot, que para ela saltara em procura de mais migalhas.

— Tenho que ir agora, mas amanhã eu volto e talvez traga comigo uma senhora que quer muito conhecer você. Esteja aqui sem falta, viu?

— Estarei. Jerry me traz todos os dias. Ele é tão bom para mim, o Jerry!

— Eu sei, eu sei — disse Poliana. — E talvez você encontre alguém mais para querer bem; mas muito bem! — E com essa enigmática sugestão afastou-se a correr.

PLANOS E CONSPIRAÇÕES

No caminho para casa, Poliana começou a formar planos. Tinha de levar dona Carew ao jardim. Mas como? Era preciso descobrir um jeito. Dizer claramente que havia encontrado Jamie e desejava que ela fosse vê-lo no jardim não seria prudente. Caso aquele Jamie não fosse o verdadeiro, o desabar das esperanças renascidas certamente traria más consequências para os nervos da boa senhora. Poliana soubera por Mary que já por duas vezes dona Carew se decepcionara terrivelmente com suas expectativas. Como, então, forçá-la a ir ao jardim? Tinha de descobrir um jeito.

No dia seguinte, o destino intrometeu-se no meio com uma chuva pesada, e a menina teve de aguardar ansiosa, sempre espiando o céu nublado. Um novo dia chegou e com ele mais chuva. Nada das nuvens serem varridas. Poliana ansiosíssima não saía da janela e não parava de perguntar a todos: "Não parece que está um pouco mais claro agora?".

Tanto insistiu no assunto que dona Carew desconfiou.

— Pelo amor de Deus, menina, por que está tão preocupada assim? Nunca a vi tão aflita por causa do tempo. Esqueceu já do jogo do contente?

Poliana corou, com vergonha.

— Reconheço que esqueci de aplicar o jogo hoje, apesar de ter uma ideia linda. E é que a chuva há de parar porque, depois do dilúvio, Deus disse que não mandaria outro. Mas estou realmente ansiosa para que o tempo fique melhor hoje...

— Por que hoje, particularmente?

— Para ir ao jardim — respondeu a menina, procurando ocultar a ansiedade. — Estive pensando que bem que a senhora poderia ir comigo.

— Ir junto? Eu ir ao jardim público? — repetiu dona Carew, estranhando a lembrança. — Obrigada, Poliana, mas desconfio que não vou, sabe?

— Ah, não! Não recuse! — gritou a menina aflita.

— Já recusei.

— Mas, dona Carew — insistiu a menina nervosa —, pelo amor de Deus, não fale assim. Eu tenho uma razão especial para querer que a senhora vá comigo, só uma vezinha.

Dona Carew franziu a testa e entreabriu os lábios para soltar um "não" mais decisivo; a expressão implorativa, porém, dos olhos de Poliana substituiu esse não por algo mais relutante.

— Está bom, menina, prometo ir, mas você também tem de prometer que ficará calada por uma hora, sem perguntar a ninguém mais se acha que o tempo vai melhorar, entendeu?

No dia seguinte o céu limpou, embora a manhã viesse muito brumosa e úmida, e à tarde o vento tornou-se incômodo. Mesmo assim, Poliana insistiu em achar o dia lindo e em cobrar a promessa de dona Carew, que cedeu e foi, sempre relutante.

De nada valeu tanto esforço. O menino não apareceu no jardim. Poliana procurou-o no lugar de costume e em muitos outros, mas não viu nem seu rastro. Ficou desapontadíssima. Ali estava o jardim e ali estava ela e ali estava dona Carew, trazida com tanto esforço, e nada de Jamie!

Dias tediosos seguiram-se para Poliana, vítima de segundo dilúvio, como dizia, embora dona Carew afirmasse que eram chuvas normais daquela estação. Chuvas seguidas de nevoeiros úmidos e garoas de molhar, piores que chuva forte. Mas, afinal, depois de muita espera, o sol reapareceu, e Poliana pôde ir ao jardim novamente. Mas em vão. Nada de Jamie. Voltou nos dias seguintes, e nada. Estava em pleno mês de novembro, e o próprio jardim ficara tenebroso. Árvores nuas, bancos vazios, nenhum bote navegando no lago. Só continuavam na mesma os esquilos e os pombos; alimentá-los, entretanto, não constituía mais o prazer de antigamente; pelo contrário, deixava a menina ainda mais triste, fazendo-a se lembrar do amiguinho desaparecido.

— E eu ainda esqueci de pegar o endereço dele! — lamentava-se Poliana a cada passo. — E é Jamie; o mesmo Jamie que dona Carew tanto procura! E tenho agora de esperar um tempão até que chegue a primavera de novo e Jamie possa vir passar as suas horas no jardim mais uma vez. E é Jamie! Juro que é Jamie!

Mas, numa feia e triste tarde, o inesperado aconteceu. Passando perto do hall, a menina ouviu lá vozes alteradas de Mary e outras pessoas.

A outra dizia:

— Deixe de ser orgulhosa! Não é nenhum pedido exagerado, sabe? Quero ver aquela menina Poliana. Trouxe uma carta de sir James.

Com um grito de alegria, Poliana entrou no hall como um raio.

— Estou aqui! Estou aqui! Quem é? Jamie mandou?

Na violência da sua entrada, cairia nos braços do rapaz, se não fosse contida por Mary.

— Dona Poliana, a senhora quer dizer que conhece este... este pedidor de esmola?

Jerry corou de ódio e ia replicar, quando a menina se interpôs:

— Não é o que você pensa, Mary. Ele é irmão do meu maior amigo, e foi também o que me achou perdida no North End e me trouxe até aqui.

E voltando-se para Jerry:

— Foi Jamie que o mandou?

— Foi, sim. Ele ficou bem ruim um mês atrás, e só agora está se recuperando. Quer ver se a menina vai encontrá-lo. Você vem?

— Doente? Coitadinho. Vou, sim. Como não iria? Espere. Vou apanhar o meu casaco e o chapéu.

— Dona Poliana! — rosnou a empregada em tom de censura. — Dona Carew não a deixará sair com um menino estranho como este.

— Mas não é nenhum estranho, Mary! Conheço-o há muito tempo e preciso ir. Preciso, entende?

— Que confusão é essa aí? — perguntou dona Carew da porta da sala de jantar. — Quem é essa criatura, Poliana?

A menina respondeu com um grito nervoso.

— Ah, dona Carew, a senhora me deixa ir, não é?

— Ir para onde?

— Ver meu irmão — respondeu o menino com visível esforço para não ser mal-educado. — Ele não pensa em outra coisa e não me deu sossego até que eu prometesse vir buscá-la. — E apontou para Poliana. — Tudo o que quer é vê-la.

— Posso ir, não é? — implorou a menina.

Dona Carew franziu a testa.

— Ir com esse rapaz? Vocês? Claro que não, Poliana, até me admira que tenha pensado nisso.

— Ah! Mas a senhora também vem com a gente! — insistiu Poliana.

— Eu? Que absurdo! Pare de besteira. Pode dar ao menino algum dinheiro, mas...

— Obrigado, minha senhora, mas não vim pedir coisa nenhuma — gritou Jerry com os olhos em fogo. — Vim apenas buscar Poliana.

— E buscar a senhora também — completou Poliana. — É o Jerry, Jerry Murphy, o menino que me encontrou perdida e me trouxe. Agora posso ir?

Dona Carew continuou na sua resistência.

— Isso nem está aberto à discussão, Poliana.

— Mas ele diz que já... que o outro menino está doente e precisa de mim!

— Sinto muito, mas não pode ir. Já falei e repito.

— Eu o conheço muito bem, dona Carew. Ele lê livros, lindos livros cheios de príncipes e fadas, e dá comida aos pardais, esquilos e pombos que têm nomes de grandes personagens. E não pode andar, o coitadinho, e mal tem o que comer, e joga o jogo sem saber. Há semanas e semanas que ando a procurá-lo pelo jardim e já estava ficando desesperada. Agora ele apareceu. Eu preciso ir, dona Carew. Preciso ir vê-lo, sabe? Não posso perdê-lo novamente.

E a menina soluçava; mas dona Carew manteve-se firme.

— Tudo isso é um absurdo, Poliana. Estou surpreendida de vê-la insistindo tanto numa coisa que desaprovo. Disse e repito: você não irá com esse rapaz. E está acabada a discussão.

Poliana mudou de semblante. Ergueu o queixinho e determinada, com voz firme, falou:

— Pois então vou dizer tudo. Eu não queria dizer nada antes de ter certeza completa, mas vou dizer. Eu queria que a senhora o visse primeiro, mas já que não é assim... Esse menino, dona Carew, é Jamie!

— Jamie? Não! Impossível...

— É sim.

— Impossível!

— Tenho certeza absoluta. Ele não sabe o seu segundo nome, o de família, e perdeu o pai com seis anos. Da mãe não se lembra. Hoje tem uns doze anos. Essa boa gente o abrigou quando o pai morreu, um pai esquisitão, que não dizia a pessoa nenhuma o seu nome, um professor...

Dona Carew deteve-se com um gesto; estava pálida como uma morta, mas com os olhos a arder que nem brasas.

— Vamos agora mesmo — gritou. — Mary, diga a Perkins para trazer o carro já. Vá vestir seu casaco, Poliana, e você, menino, espere aqui. Estaremos prontas num minuto. — E foi voando para cima.

Ao perceber que estava sozinho no hall, Jerry suspirou.

— Meu Deus! Vou de carro de luxo. Imagina o que sir James irá dizer disso?

NO "BECO DOS MURPHYS"

Roncando orgulhosamente como fazem as limusines de luxo, o carro de dona Carew desceu a avenida Commonwealth e tomou a rua Arlington. Lá dentro havia uma dama nervosa e ao seu lado uma menina de olhos vivíssimos. Na frente, guiando o chofer de cara amarrada, ia Jerry Murphy, orgulhoso da sua missão como se fosse o dono do mundo.

Quando a limusine parou em frente a uma feia e velha casa de apartamentos, num beco imundo, o menino saltou orgulhoso, correu a abrir para as damas a porta do carro, numa exagerada imitação do que via porteiros fazerem na porta dos teatros.

Poliana pulou fora imediatamente e arregalou os olhos, espantada pela miséria do local. Em seguida, desceu dona Carew sem esconder a repugnância que lhe causavam a sordidez do lugar e a sujeira das crianças que corriam a rodear o carro.

Jerry gritou colérico, com gestos de ameaça:

— Fora daqui, cambada! Não é cinema de graça, Jamie vai receber uma visita.

Dona Carew estremeceu, arrepiada e já sem ânimo para seguir.

— Aqui, não, Jerry — murmurou para o rapaz; mas ele não ouviu: estava abrindo caminho na suja massa de curiosos, a ombradas e empurrões, de modo que quando dona Carew deu conta de si já se achava dentro da espelunca, subindo os degraus de uma escada vacilante.

— Esperem! — gritou arrepiada a senhora, em voz de comando, para as duas crianças que iam na frente. — Cuidado com a língua. Nem uma palavra a respeito do que aconteceu. Quero primeiro ver por mim mesma o menino e interrogá-lo.

— Sem dúvida — concordou Poliana.

E Jerry disse:

— Eu levo vocês para lá e saio, não atrapalharei em nada. Agora, vamos subindo. Há buracos e crianças dormindo pelos degraus aqui, não estranhem. O elevador não está funcionando hoje, está estragado — gargalhou ele. — E as senhoras têm de subir essa escada. Coragem!

Dona Carew encontrou logo os "buracos", degraus de tábuas rachadas ou soltas que ringiam sob a pressão dos pés. No alto do último andar, Jerry parou diante de uma porta fechada.

— Estou pensando no que sir James vai dizer quando vir o grande prêmio que estou trazendo — sussurrou ele em voz baixa. — Sei como Mumsey é, ela vai logo cair no choro. — Jerry empurrou a porta e entrou gritando: — Aqui estamos e viemos de limusine! Que tal, sir James?

Era uma pequena sala fria e escura. Quase sem móveis. Duas camas, três cadeiras quebradas, uma mesa e um fogareiro insuficiente para aquecer o cômodo. Numa das camas havia um menino de rosto pálido e olhos febris; perto, uma pobre mulher muito magra, torcida de reumatismos.

Dona Carew entrou e, muito chocada, apoiou-se na parede por uns instantes; mas Poliana atirou-se para a cama do menino, enquanto Jerry, com a missão cumprida, gritava:

— Pronto! Agora, com licença!

E deu o fora.

— Ah, Jamie, estou tão contente de tê-lo encontrado! — exclamou a menina. — Você não imagina quanto o procurei, dias e dias! Fiquei tão triste quando soube que estava doente...

Jamie esticou a mão magrinha e deu um sorriso divino.

— Pois eu não estou triste, estou contente! — disse ele, com destaque na palavra. — Estou contente, porque se não fosse a doença você não teria vindo, sabe? Mumsey, esta é a menina de que falei, a que me ensinou o jogo do contente. — E voltando-se para a menina: — Ela também já joga, sabia? Aprendeu num instante. No começo costumava chorar, porque a dor das juntas não a deixava ir para o trabalho; mas agora fica contente de não poder trabalhar, porque desse modo pode ficar aqui tomando conta de mim, compreende?

Dona Carew aproximou-se, com os olhos interrogativos postos no pequeno doentinho.

— Esta é dona Carew, que também veio ver você, Jamie — apresentou Poliana com a voz trêmula.

A mulherzinha magra havia se erguido com dificuldade e estava apresentando uma cadeira. Dona Carew aceitou-a sem quase vê-la; seus olhos não desgrudavam do menino.

— Seu nome é Jamie? — perguntou com esforço.

— Sim, senhora — respondeu o menino com leve surpresa.

— E o segundo nome?

— Não sei.

— Não é seu filho? — E pela primeira vez dona Carew voltou-se para a mulher de pé junto à cama.

— Não, senhora.

— E não sabe qual é o seu nome de família?

— Não, senhora. Nunca pude saber.

Com um suspiro de desânimo, dona Carew voltou-se de novo para o menino doente.

— Escute. Não se lembra de nada a respeito da sua família?

O menino fez um gesto negativo.

— Nada, nada. Não me lembro de nada.

— Não tem aqui qualquer coisa que tenha pertencido a seu pai?

— Só uns livros — interveio dona Murphy. — Estão ali. Quem sabe a senhora queira dar uma olhada? — sugeriu, apontando para uma pilha de livros velhos. E curiosa: — A senhora conheceu o pai dele?

— Não sei — murmurou dona Carew, erguendo-se para ir examinar os livros.

— Não eram muitos, uns doze, no máximo. Um volume de Shakespeare, o Ivanhoe, uma surradíssima Lady of the Lake, de Tennyson, sem capa, um escangalhadíssimo Little Lord Fauntleroy e mais algumas obras de história.

Dona Carew examinou-os página por página sem encontrar indicação nenhuma e voltou para a cama do menino com ar de vencida.

— Quero que digam, os dois, tudo o que souberam de si mesmos — pediu ela, sentando-se de novo na cadeira.

E a história veio a mesma que Jamie contara à menina no jardim. Nada de novo dona Carew pôde colher, mesmo tendo feito várias perguntas. No fim da conversa, Jamie olhou ansioso para ela.

— A senhora conheceu ou pensa que conheceu meu pai?

— Não posso afirmar, menino, mas creio que não o conheci — foi a resposta.

Poliana não pôde conter um grito de desapontamento, mas logo se conteve, em obediência ao severo olhar de aviso da dama.

Jamie tirou os olhos de dona Carew e encarou Poliana, sorrindo.

— Como fez bem em ter vindo! — disse ele. — E como vai sir Lancelot? Tem dado comidinha a eles todos? — E vendo que a menina olhava para um vaso de flores na janela: — Meu pé de malva! Presente de Jerry. Caiu de uma sacada e ele apanhou. Não está lindo? E como tem um cheiro bom!

Mas Poliana quase não ouvia. Seus olhos pulavam de um objeto para outro, enquanto suas mãos se abriam e fechavam em movimentos nervosos.

— Olha, Jamie, não sei como é possível jogar o jogo aqui! — murmurou ela, afinal. — Nunca imaginei que existisse no mundo um quartinho tão... tão triste.

— Ah! — exclamou o menino. — Queria que visse o do Pikes, no segundo andar. É muito pior que este. Aqui ainda temos coisas boas: quase duas horas de sol durante o dia, quando há sol, e nesses momentos dá até para ver um pedacinho de céu. Ah, se fosse possível ficarmos aqui. Mas acho que temos de deixá-lo, e isso é o que mais nos está aborrecendo.

— Deixá-lo? Por quê?

— Estamos com o aluguel atrasado desde que Mumsey ficou doente e não pôde voltar ao trabalho — respondeu o menino num sorriso triste. — Dona Dolan, a mulher do andar térreo que guarda meu carrinho, é que nos tem bancado há duas semanas. Mas a coitada não consegue, também. A não ser que Jerry descubra algum tesouro, de um momento para outro...

— Ah, mas nós... — começou Poliana, mas interrompeu-se. Dona Carew erguera-se abruptamente.

— Vamos embora, Poliana — disse ela. E para a mulher: — Não precisa deixar o quarto. Vou mandar dinheiro e uma cesta de suprimentos hoje mesmo, e darei o seu nome a uma organização de caridade na qual tenho influência. Acho que...

Não conseguiu concluir. Dona Murphy se levantara com o rosto corado e alegre.

— Obrigada, minha senhora! — disse ela com ternura na voz, mas num tom firme. — Somos muito pobres, Deus sabe, mas não mendigos.

— Bobagem! — exclamou dona Carew. — O menino declarou que é a mulher de baixo quem os está sustentando.

— Sim, é, mas isso não é caridade pública — defendeu-se dona Murphy ainda com tremor na voz. — Dona Dolan é minha "amiga", e sabe que eu pagarei na mesma moeda quando chegar meu turno; já a ajudei muito no passado. Somos amigas, e isso torna tudo muito diferente. Não estivemos sempre no estado em que estamos hoje, e vamos melhorar. Muito obrigada pelas intenções, mas não posso receber o seu dinheiro.

Dona Carew franziu a testa num misto de desapontamento e cansaço; não era muito paciente e nunca fora tão provada como naqueles breves momentos. Estava exausta.

— Muito bem — respondeu com frieza. — A senhora que sabe. — E depois, com uma leve irritação, acrescentou: — Mas por que não vai ao dono da casa e não reclama dos reparos que este cômodo está exigindo? A senhora tem direito a mais alguma coisa do que janelas sem vidros e toda esta miséria. A escada está até perigosa.

Dona Murphy suspirou de desânimo e sua atitude de defesa cedeu espaço para a tristeza.

— Já tentamos várias vezes, mas não adianta de nada. É impossível falar com o proprietário, só conseguimos chegar até o encarregado, e ele responde que os aluguéis são muito baixos e não dão para consertos.

— Absurdo! — exclamou dona Carew, achando, afinal, uma válvula por onde descarregar a raiva que sentia. — É uma vergonha e, além do mais, legítima violação da lei. A escada está contra a lei, pelo menos. Quem é o encarregado ao qual a senhora se tem dirigido?

— O dono da casa não sei quem é, mas o encarregado é um tal Dodge.

— Dodge! — repetiu dona Carew surpresa. — Henry Dodge.

— Esse mesmo. Seu nome é Henry, estou certa.

Uma onda de calor coloriu as faces de dona Carew.

— Muito bem — disse ela, num tom estranho. — Verei isso. — E voltando-se para a menina: — Vamos, Poliana, é hora de ir embora.

A menina estava a dizer um comprido adeus a Jamie, rico de promessas.

— Voltarei, sim. Voltarei logo que puder, não fique com medo. — E correu para junto de dona Carew, que já ia saindo.

Só depois de saírem daquele lugar, é que Poliana pôde falar. Mal o chofer, furioso, bateu a porta da limusine, ela começou:

— Dona Carew, pelo amor de Deus, diga-me se ele é mesmo o Jamie! Ah, eu queria tanto que fosse!

— Mas não é, não.

— Tem certeza? Absoluta certeza?

Houve um momento de pausa, durante o qual dona Carew cobriu o rosto com as mãos.

— Certeza absoluta não tenho, e aí está a tragédia. Eu acho que não é, tenho quase certeza, quase, e é isso que me deixa tão mal.

— Neste caso, então — implorou a menina —, a senhora pode pensar que ele é o legítimo Jamie, agir como se fosse e levá-lo para casa...

Dona Carew reagiu imediatamente.

— Levar para minha casa um menino estranho que não é Jamie? Nunca, Poliana. Seria impossível.

— Mas se a senhora não pode ajudar o verdadeiro Jamie, creio que ficaria muito contente de ajudar um outro Jamie — insistiu a menina com voz implorativa. — Se o seu Jamie fosse igual a este meu, pobre e doentinho, não gostaria que alguém tivesse piedade dele e o abrigasse?

— Pare, Poliana! Pare! — disse a dama, sacudindo a cabeça com desespero. — Quando imagino que o meu Jamie pode estar nesse estado, perdido por aí... — E o fim da frase morreu num soluço.

— Pois é o que digo, justamente o que digo! — observou a menina triunfante. — Se este é o seu Jamie, a senhora o recolhe; se não é, a senhora o recolhe da mesma maneira, porque isso em nada vai prejudicar o outro, além do mais, este Jamie ficará tão feliz! Se algum dia encontrar o verdadeiro, não perderá nada, ficará com os dois Jamies em vez de um, e dois é sempre mais que um.

— Pare. Pare, Poliana! — gritou dona Carew. — Tenho que pensar...

Com lágrimas nos olhos a menina afundou no assento, e foi com visível esforço que permaneceu quieta por um minuto. Depois os sentimentos que lhe afogavam o coração vieram-lhe aos lábios num fluxo de palavras.

— Ah, que horrível a casa do pobre Jamie! Eu queria que o dono da casa fosse condenado a morar lá, só para ver como poderia ficar contente com alguma coisa!

Dona Carew foi arrancada do seu momento de reflexão.

— Pare, Poliana! — gritou com voz de desespero. — Com certeza ela não sabe de nada. Juro que nunca soube, mas tudo irá mudar de agora em diante...

— Ela. É então uma mulher a dona daquele lugar? A senhora a conhece?

— Sim — disse dona Carew mordendo os lábios. — Conheço-a muito, e também o encarregado...

— Ah, estou tão contente! — exclamou a menina. — Se a senhora a conhece, então tudo há de melhorar, tenho certeza.

E então chegaram.

Dona Carew de fato conhecia a dona do velho prédio, pois nessa mesma tarde mandou uma carta a Henry Dodge, chamando-o para uma reunião, na qual o intimou a fazer imediatamente os consertos de que o prédio precisava. A proprietária era ela.

11

UMA SURPRESA PARA A DONA CAREW

Dada a ordem para os reparos do velho prédio, dona Carew confessou a si própria que havia cumprido o seu dever e deu por encerrado o incidente. Tratou de esquecê-lo. O menino doentinho não era Jamie, não podia ser Jamie. Impossível que fosse o filho de sua irmã. Não valia a pena perder mais tempo com o caso.

Mas uma invencível barreira ergueu-se em seu espírito contra essa cômoda decisão. O caso recusava-se a sair da sua cabeça, bem como dos seus olhos não se apagava o quadro de miséria e dor que vira com Poliana. Em seus ouvidos ressoava constantemente a voz da dúvida: "E se aquele menino fosse realmente o seu Jamie?". E havia ainda Poliana. Se era possível obrigá-la a parar de falar sobre o assunto, não conseguia apagar o mudo, mas barulhentíssimo apelo que passou a morar nos olhos da menina.

Duas outras vezes Poliana voltou a falar com dona Carew na tentativa de esclarecer-se melhor. Muito embora se sentisse abalada e tentada a abrigá-lo, assim que Poliana se afastava, dona Carew mudava de ideia. Por fim, desesperada por resolver sozinha o problema, escreveu à sua irmã. Depois de contar tudo, disse na carta:

Eu não queria incomodá-la com isso, com essas novas esperanças tão no ar, mas não há remédio. Estou certa de que não é ele, mas a minha certeza é... bastante incerta. Quero, por isso, que venhas me dar uma ajuda. Preciso vê-la aqui.

Estou ansiosa para ver suas reações. Quando vimos Jamie pela última vez, ele tinha quatro anos. Este agora tem doze, pelo que disse. Os cabelos e os olhos são os mesmos de Jamie. E é cadeirante, mas ficou cadeirante de uma queda aos seis anos, não nasceu assim. Não consigo obter muitas informações a respeito de seu pai, e o que me contaram pode ser tanto sobre o marido de Doris como não. Era conhecido como "o professor"; era muito excêntrico e deixou vários livros. Isso tanto pode como não pode significar qualquer coisa. John Kent era excêntrico e muito boêmio em seus gostos, mas se gostava de livros, ignoro. O título de "professor" poderia ter sido dado pelos vizinhos em virtude do seu jeito. O caso é que não sei, não sei, não sei e fico na mais horrível dúvida. Venha, Della. Depressa!

Della veio imediatamente e correu para ver o menino. Ficou na mesma. Não achava que fosse o Jamie, mas também não tinha certeza. O melhor seria seguir a ideia de Poliana.

— Por que não o abriga, Ruth? — propôs. — Por que não o adota? Seria ótimo para o coitadinho e para você...

Dona Carew, porém, só ficava resmungando e resmungando.

— Não, não posso! Quero o meu Jamie e só ele.

Os esforços de Della não adiantaram de nada, então ela voltou para o centro de recuperação com a última esperança posta apenas no trabalho de Poliana.

Se dona Carew teve a visita de Della como o ponto-final do caso, errou por completo, visto como a sua inquietação persistiu, e cada vez mais incômoda. Seus sonhos e suas meditações continuavam mordidos pela eterna dúvida, e ainda havia Poliana...

A menina vivia atônita. Pela primeira vez na vida havia dado de cara com a pobreza real, profunda, completa. Ficara sabendo que há gente que não possui o bastante para matar a fome, só se vestem em trapos e moram em lugares sujos, sem ar e sem luz. Seu primeiro impulso tinha sido de "ajudar". Em companhia de dona Carew, fez mais duas visitas a Jamie e ficou muito feliz com a melhoria que os consertos de Dodge trouxeram ao pequeno cômodo. Mas aquilo não passava de uma simples gota d'água. Havia ainda que socorrer todas aquelas mulheres e crianças das vizinhanças que passavam pela mesma situação, e cheia de confiança, Poliana esperava que dona Carew os ajudasse também.

— É o cúmulo! — exclamou dona Carew quando entendeu a ideia de Poliana. — Quer então que eu vire anjo protetor da rua inteira? Até parece! E não quer que eu faça mais alguma coisa, por acaso?

— Ah, sim, muito mais coisas! — suspirou a menina cheia de esperanças. — Todos eles precisam de muitas coisas, todos! E que engraçado se a senhora pudesse socorrer! Ah, se eu fosse rica como a senhora... Mas mesmo assim vou ficar contentíssima quando a senhora ajudá-los.

Dona Carew abriu a boca de espanto, mas não perdeu tempo em explicar as razões que tinha para não mais pisar no "beco dos Murphys". Ninguém poderia esperar que ela voltasse lá. Já tinha ajudado muito. Cancelara os aluguéis em atraso e melhorara o prédio. Depois contou a Poliana que existiam instituições de caridade, com a missão de socorrer os pobres, e que essas instituições, ela ajudava financeiramente.

Nada disso, porém, seduziu a menina.

— Não consigo entender — dizia Poliana. — Como possa ser melhor que um monte de gente se reúna e doe para uma instituição, em vez de ir cada um por si mesmo fazê-lo. Se eu tenho um livro de história para dar a alguém eu mesmo vou levá-lo. Jamie sentiria muito maior prazer comigo do que com um estranho.

— Talvez seja assim — respondia dona Carew já exausta de tanta luta. — Mas é possível que não fosse tão bom, não. Talvez um livro escolhido por uma instituição lhe deixasse mais feliz — disse dona Carew.

Além disso, acrescentou, como em resposta ao assombro que lia nos olhos de Poliana:

— Se eu quisesse ajudar todo aquele povo é muito provável que me recebessem mal. Lembre-se de que dona Murphy recusou o auxílio que eu quis dar no primeiro dia.

— Sim, eu sei — suspirou Poliana. — E isso eu não entendo. Mas o que não me parece direito é que uns tenham tanta coisa e outros não tenham nem comida para encher o estômago...

Os dias se passavam e com eles os sentimentos de Poliana iam ficando cada vez mais fortes, em vez de se enfraquecerem; todos os seus comentários e observações convergiam para o mesmo ponto. Ela achava que o estado de pobreza daquele povo era tão horroroso que nem o jogo do contente era possível.

— Não sei — dizia ela — como pessoas tão pobres podem descobrir alguma coisa que os deixe contentes. Nós aqui podemos ficar contentes de não sermos como eles e de podermos ajudá-los. Mas, se não os ajudarmos, onde fica o nosso contente?

Era o problema que mais a preocupava, e dona Carew era constantemente atropelada por perguntas. Isso, junto às suas incertezas quanto aos dois Jamies, estava tornando aquela senhora ainda mais deprimida do que antes.

Afinal chegou o fim do ano e com ele o Natal. Uma semana antes, houve na alma de dona Carew a batalha derradeira. Venceu o bom impulso, e de repente ela deu várias ordens a Mary e disse à menina:

— Poliana, resolvi abrigar Jamie. O carro já foi chamado. Vou buscá-lo e você irá comigo, se quiser.

Uma luz celestial iluminou o rosto da menina.

— Ah, como estou contente! — gritou ela. — Estou tão, tão, tão contente que quero chorar uma hora inteira! Dona Carew, é possível ficar tão feliz assim sem chorar?

— Não sei Poliana, não tenho certeza — respondeu a dama, meio desconcertada e sem demonstrar no rosto nenhum sinal de alegria interna.

Não demoraram muito na casa dos Murphys... Em poucas palavras, dona Carew explicou toda a história do Jamie desaparecido e a esperança que tivera de que fosse aquele. Contou suas dúvidas, sua luta íntima e por fim os planos que traçara para melhorar a vida daquele menino.

Ao pé da cama do doentinho, dona Murphy ouvia, enxugando as lágrimas, e, num canto, Jerry, de olhos arregalados emitia ocasionais: "Meu Deus. E agora?". Quanto ao pobre acamado, ele estava atônito, não conseguia falar, como se de repente tivessem lhe aberto as portas do paraíso.

Quando dona Carew terminou a explicação, o rosto do menino estava banhado de lágrimas.

— Obrigado, dona Carew — murmurou ele. — Mas não posso ir. — Foi a sua simples resposta.

— Não pode? — exclamou dona Carew, surpresa, como se estivesse duvidando dos seus ouvidos.

Poliana gritava:

— Jamie!

Jerry correu para a caminha e interveio.

— Que é isso, rapaz? Você nem imagina o palácio em que ela mora!

— Imagino, mas não posso ir — disse o pequeno novamente.

— Pense, rapaz — interveio dona Murphy. — Pense no que isso vai significar para um pobrezinho como você.

— Já pensei, Mumsey — soluçou Jamie. — Vocês acham que eu não sei o que estou recusando? — E para dona Carew: — Eu não posso! Não posso deixar que a senhora faça tanto por mim! Se a senhora fosse amiga, como dona Dolan, seria diferente. Mas não é. A senhora não me quer, quer o outro, o Jamie verdadeiro, e sabe que eu não sou esse. Consigo ver nos seus olhos.

— É verdade, menino — confessou dona Carew.

— E há ainda este meu estado — continuou Jamie. — Em pouco tempo a senhora se aborreceria de mim, e eu não aguentaria me sentir um fardo. Ah, se a senhora fosse minha Mumsey... Não. Eu não sou o Jamie procurado e, portanto, não posso ir. Obrigado.

E com essas palavras o menino voltou-se na sua caminha, cobrindo a cara.

Houve um momento de trágico silêncio. Dona Carew se levantou. Estava toda vermelha. Poliana começou a chorar.

— Vamos, Poliana. — Foi tudo o que dona Carew disse antes de sair.

— Hum! Se você não é o louco dos loucos, não sei o que é! — murmurou Jerry para o menino deficiente instantes depois. — Dar um pontapé desses na fortuna, onde já se viu?

Mas Jamie nem lhe deu atenção; sua situação era a de quem via as portas de um paraíso se fechando depois de um momento abertas — e se fechando para sempre...

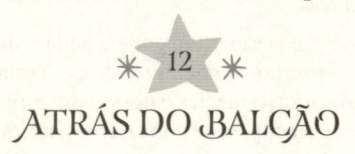

✶ 12 ✶
ATRÁS DO BALCÃO

Dona Carew saiu furiosa. Chegar ao ponto de ir pessoalmente buscar Jamie para abrigá-lo em sua casa e receber uma recusa daquelas era na realidade insuportável para uma senhora da sua posição social, que não estava acostumada a ver seus desejos contrariados e seus convites recusados. O pior de tudo, porém, foi que agora que se vira repelida pelo menino, interessava-se por ele mais que nunca, pois tinha medo de que fosse o verdadeiro Jamie. Dona Carew estava muito consciente de que a sua verdadeira razão de se interessar por ele não era o desejo de ajudá-lo e fazê-lo feliz, mas sim porque, se o abrigasse em casa, ficaria mais tranquila e colocaria um ponto-final na apavorante e eterna dúvida: "E se ele for o verdadeiro Jamie?".

A desculpa que o menino deu não ajudava, e nem os argumentos com que dona Carew procurava se consolar ou dar o incidente por terminado. Esses argumentos não tinham a força necessária para acalmar a eterna dúvida. Jamie não lhe saía da cabeça nem o quadro de miséria em que vivia.

E havia ainda Poliana. A menina ficara tão quieta que nem parecia a mesma. Andava pela casa como uma sonâmbula, sem conseguir se interessar por coisa alguma. E, se perguntavam o que sentia, a resposta era sempre a mesma: "Nada".

— Não tenho nada, só que não posso tirar Jamie da cabeça. Não compreendo como pôde recusar todas estas maravilhas, estes tapetes, estes quadros, estas cortinas...

Outros maus sintomas ocorreram. Poliana perdera o apetite e estava visivelmente emagrecendo. Por quê?

— Nada. É que não sinto fome. Se me sento à mesa, lembro logo de Jamie, que muitas vezes nem pão tem, e lá se vai meu apetite.

Dona Carew, empenhada em modificar a todo custo o transe e o estado de espírito da menina, encomendou uma enorme árvore de Natal, com grande quantidade de brinquedos, e, pela primeira vez em anos, sua casa viu-se alegrada com preparativos de festa. Ia comemorar o Natal e autorizou a menina a remeter convites às suas colegas de escola.

Mas mesmo assim dona Carew continuou decepcionada, porque, por mais que se esforçasse, a alegre Poliana de antes não conseguia mostrar no rosto o que não estava sentindo por dentro. A festa aconteceu sem entusiasmo, e, além do mais, assim que entrou na sala e olhou para a luxuosa árvore com pisca-piscas, foi tomada por uma crise de lágrimas.

— O que é isso, Poliana? O que foi agora? — acudiu dona Carew.

— Na... da. Só que está tão lindo que não posso conter as lágrimas. Imaginei como Jamie iria gostar...

A paciência de dona Carew tinha limites.

— Jamie, Jamie, Jamie! — exclamou irritada. — Por que continua a falar nesse menino, Poliana? Você sabe muito bem que não é por minha culpa que ele não está aqui. Fiz o que pude. Além disso, que fim levou o seu jogo de contente, menina? Acho que seria uma excelente ideia se lembrar dele agora.

— Estou sempre jogando — soluçou Poliana. — E por isso não compreendo por que estou assim. Antigamente, quando eu ficava alegre por qualquer coisa, ficava feliz. Mas agora, por causa de Jamie, jogo e não dá certo. Fico muito contente de termos tapetes lindos, quadros e tanta coisa gostosa para comer e também de poder correr e ir à escola e tudo o mais, mas quanto mais fico contente, mais fico triste por ele. Nunca vi o jogo tão atrapalhado como agora. Por que será?

Dona Carew fez um vago gesto de desespero e se afastou.

No dia seguinte, entretanto, algo novo sucedeu a Poliana e a fez por algum tempo esquecer o menino. Dona Carew levou-a às compras numa grande loja e, enquanto escolhia umas rendas, Poliana ficou analisando a cara das moças que trabalhavam nos caixas. De súbito, deu um grito de alegria.

— Ah, é a senhora! — exclamou, dirigindo-se a uma mulher que estava arrumando uns laços de gravata.

A caixa ergueu a cabeça e olhou para Poliana com espanto nos olhos. Reconheceu-a imediatamente e sorriu.

— A minha amiguinha do jardim público, não é?

— Sim. E fico muito contente que tenha se lembrado de mim. Mas por que não apareceu mais? Procurei-a tantas vezes.

— Não pude. Tenho que trabalhar. Naquele dia estava de férias e... Cinquenta centavos, minha senhora — interrompeu-se, para responder a uma freguesa interessada num laço.

— Cinquenta? Hum! — E a freguesa repôs a mercadoria no balcão, seguindo para diante.

Logo depois chegaram duas moças de aspecto feliz, que escolheram, tagarelando, dois laços de veludo carmesim e outro de tule rosa. Quando as moças se foram, Poliana emitiu um suspiro de êxtase.

— E o que a senhora faz todos os dias? Ah, como deve ficar contente desse serviço!

— Contente?

— Sim, não? Não há nada mais divertido, lidar com tantas pessoas, todas diferentes! E pode... e tem de falar com todas elas, pois é do negócio. Eu gostaria disso. Quando crescer creio que serei caixa, só pelo divertimento de ver o que compram e falar com os fregueses.

— Divertimento! — murmurou com ironia a caixa. — Você não sabe de nada, menina... Um dólar, minha senhora. — Interrompeu-se de novo para atender outra freguesa, que levava um laço de veludo marrom.

— Finalmente, hein! — exclamou a freguesa ignorante. — Tive que perguntar duas vezes.

A caixa mordeu os lábios.

— Eu não ouvi, minha senhora.

— E eu com isso? Sua obrigação é ouvir. É para isso que recebe, não é? E este aqui?

— Cinquenta centavos.

— E este azul?

— Um dólar.

— Deixe de impertinência, moça! Se continuar sendo tão grosseira assim, eu reclamo com a gerência. Quero ver aquela cesta de laços de cor rosa.

A caixa ia abrindo os lábios para responder, mas reteve-se e, obedientemente, colocou em frente da freguesa a cesta pedida; seus olhos, porém, encheram de lágrimas, e suas mãos tremiam ao largar a cesta. A freguesa pediu o preço de quatro ou cinco e depois largou-os com um breve e ríspido "Não me interessam".

— E agora? — perguntou a caixa à menina logo que a freguesa se afastou. — O que acha do meu serviço? Devo ficar alegre?

Poliana riu um tanto histericamente.

— Ela estava zangada, não? Uma espécie bem curiosa, não acha? Em todo caso, a senhora pode ficar contente de "todas" não serem assim.

— Ah, menina! — disse a caixa, sorrindo. — O jogo do contente, que você me ensinou naquele dia, pode ser uma bela coisa para criaturinhas como... Cinquenta centavos, minha senhora — respondeu a uma nova freguesa que pedia preço.

— Você se sente sempre solitária como daquela vez? — quis saber Poliana depois que a moça a despachou.

— Ah, estive pelo menos em uma dúzia de festas lindas! — respondeu ela com um sarcasmo amargo.

— Uma bela noite de Natal, pelo menos?

— Belíssima! Fiquei na cama todo o dia com os pés embrulhados no cobertor e li quatro jornais e uma revista. À noite fui comer num restaurante que me levou trinta e cinco centavos por uma torta de frango que todos os dias tenho por vinte e cinco.

— Mas que tinham os seus pés?

Doentes de cansaço. De estar de pé horas e horas nessa terrível correria das vésperas do Natal.

— Ah, que pena! — exclamou Poliana com simpatia. — Não foi a nenhuma festa, não viu nenhuma árvore de Natal?!

— Isso não é para meus bicos.

— Minha cara! Sinto muito que você não tenha visto a nossa. Estava linda. Escute, a senhora pode vê-la ainda! Não foi desmanchada. Apareça lá esta noite ou amanhã.

— Poliana! — chamou de longe dona Carew com energia. — Que história é essa? Onde esteve? Procurei-a por toda parte.

A menina respondeu com alegria.

— Ah, dona Carew, estou tão contente que tenha me achado! Esta moça é... não sei ainda o seu nome, mas reconheço-a muito bem. Vive triste, sem conhecidos aqui em Boston, e seu pai foi ministro como o meu, só que ainda está vivo. Ela não teve Natal nenhum por causa dos pés cansados, e eu quero que vá ver a minha árvore. Convidei-a para aparecer lá esta noite ou amanhã. A senhora deixa que eu acenda as velinhas outra vez?

— Veremos isso, Poliana — murmurou dona Carew num tal tom de voz que a caixa não se conteve e ainda com mais frieza replicou:

— Não se incomode, minha senhora. Não me passou pela cabeça ir.

— Ah, por favor, vá! — implorou Poliana. — Você não sabe quanto eu a quero, e...

— Mas vejo que a senhora que a acompanha não quer, minha menina — explicou a caixa um tanto maliciosamente.

Dona Carew ficou toda vermelha e fez menção de se afastar, mas Poliana agarrou-a pelo braço para concluir a explicação.

— Não diga assim! — implorou. — Ela quer, ela quer que a senhora vá. Não imagina como dona Carew é boa, quanto dinheiro dá aos pob... às associações de caridade e tudo mais. Vá!

— Poliana! — repetiu dona Carew no mesmo tom repreensivo.

Então a caixa se abriu:

— Eu sei. Há muitas senhoras boas assim. Há sempre mãos dadivosas estendidas aos que perderam o pé na vida. É assim mesmo. Não vejo mal nisso. Só me admira é que não ajudem as pessoas antes do naufrágio. Se olhassem para as desamparadas antes que elas caíssem e dessem às meninas aquilo de que elas tanto precisam, o mundo não estaria cheio de... Mas... Deus do céu? O que é que estou dizendo? — E, voltando ao serviço, com o seu ar cansado, respondeu à freguesa que havia parado em sua frente: — Cinquenta centavos, minha senhora.

Dona Carew já estava longe, nervosa, puxando a menina pela mão.

13
UMA ESPERA E UMA VITÓRIA

Foi um lindo plano o que Poliana formulou em cinco minutos e depois contou à dona Carew, que não achou "lindo" coisa nenhuma e ainda disse isso.

— Ah, mas estou certa de que é! — insistiu a menina depois de ouvir todas as objeções. — É tão fácil! A árvore ainda está no mesmo lugar, apenas sem os presentes, e estes podem ser colocados. O dia de Ano-Novo está perto, e pense, dona Carew, como a pobre moça ficará contente de vir! Não ficaria a senhora contente, se estivesse no lugar dela e houvesse passado um Natal sem nada, fora os pés doentes e uma torta de frango?

— Minha cara, que menina impossível você é! — exclamou dona Carew. — Tanto interesse e nem sequer sabe o nome dessa criatura...

— Não sei, não, e não é curioso que não saiba o nome e a conheça tão bem? — sorriu Poliana. — A senhora compreende, tivemos, naquele dia, no jardim, uma conversa tão comprida! Ela confessou a sua solidão e disse que o lugar mais solitário do mundo é justamente dentro das multidões, porque ninguém ali nos percebe. Mas lá, "uma" dava conta dela, sim, uma só pessoa e dava conta "até demais", foi o que disse a moça meio aborrecida. Fiquei sabendo que ela ia ao jardim para se encontrar com uma pessoa e irem juntos para sei lá onde; depois ela se arrependeu e não quis mais ir. E a pessoa, que era um moço bem bonito, ficou zangado, e assim que ficou zangado, ficou feio, não é interessante? O mesmo aconteceu hoje com a freguesa de laços, disse várias coisas desagradáveis, e aí virou feia. Mas a senhora vai me deixar acender a árvore no dia de Ano-Novo e convidar essa moça e também Jamie, não é? Jamie está melhor agora e poderá vir no carrinho, trazido pelo Jerry, e temos de convidar o Jerry também.

— Jerry! — exclamou dona Carew com desdém. — Para que convidar Jerry? Ele possui muitos amigos e vai querer trazer todos; além disso...

— Ah, dona Carew, posso? — interrompeu Poliana implorativa. — Como a senhora é boa, dona Carew! Estou querendo tanto...

Dona Carew ainda resistia.

— Não, não, Poliana...

Mas a menina nem se importou com a objeção e prosseguiu:

— Ah, como a senhora é boa, e fica cada vez melhor! Estou vendo que deixa, vai ser uma festa linda! Pode vir o Tommy Dolan, e também a sua irmãzinha Jennie, e os dois Macdonalds, e três meninas que moram embaixo do quarto dos Murphys, e tanto mais que nem teremos espaço para todos. Imagine como vão ficar contentes! Vou começar a convidá-los desde já, para a alegria durar muito.

E dona Carew, que jamais teria concordado com uma coisa dessas, viu-se, sem querer, murmurando um forçado "sim", equivalente a uma repetição da festa de Natal, desta vez dada a um bando de crianças do bairro mais pobre de Boston e a uma caixa cujo nome nem sabia!

É provável que em seu espírito ainda estivessem ressoando as palavras da caixa, quando se referiu à ajuda dos náufragos "antes" dos afogados. Talvez no coração de dona Carew tinha a esperança de que na compreensão daquilo restava a paz de espírito que ela tanto procurava. Ou então sua fraqueza viera da expressão de infinita piedade dos olhos da menina, que a imploravam com uma eloquência maior que a das palavras. Seja como for, a festa ia ser dada e desde esse momento dona Carew se viu num redemoinho de planos e combinações dos quais Poliana era o centro. Na carta que foi escrita para Della, havia este trecho:

O que vou fazer, não sei. Creio que vou continuar fazendo o que tenho feito. Não. Não há outro caminho. Mas continuo a insistir naquele ponto: se Poliana começar com sermões, mando-a embora. Isso não suportarei nunca.

Della, no centro de recuperação, morreu de rir.

— "Se Poliana começar com sermões!" — repetiu rolando na cama. — Meu Deus! Como as criaturas podem se iludir! Ruth confessa que está dando duas comemorações no Natal numa só semana e tem a casa, sempre tão silenciosa e sombria, de pernas para o ar com a fúria dos preparativos, e diz que Poliana "deu sermões" ainda! Este mundo...

A festa foi um grande acontecimento. A própria dona Carew teve que admitir o fato. Jamie, no seu carrinho, Jerry e a caixa (cujo nome era Sadie Dean) tornaram-se os convidados principais. Sadie Dean, com surpresa de todos, mostrou um notável conhecimento de quantos jogos de salão existem, e esses jogos, mais as histórias de Jerry, contadas naquela sua linguagem tão saborosa, conservaram a criançada na maior alegria até o momento do jantar, depois do qual foi feita uma memorável distribuição de brinquedos.

Ninguém notou o olhar de "quem podia ter e não teve" que Jamie lançou quando viu tudo que havia ao redor. Mas quando, no momento de partir, dona Carew, meio tímida, cochichou ao ouvido dele:

— Então, Jamie, ainda não mudou de ideia?

O menino hesitou e, corando de leve, olhou-a nos olhos bem a fundo e meneou a cabeça.

— Se fosse sempre como esta noite, eu podia vir — murmurou num suspiro. — Mas não será assim. Há o dia de amanhã, e eu não queria ter que me arrepender em uma semana ou um mês...

Dona Carew imaginou que a festa de Ano-Novo fosse sanar o interesse de Poliana por Sadie Dean, mas já no dia seguinte ela voltou a falar da moça.

— Estou contentíssima de tê-la encontrado de novo! — começou a menina. — Isso porque, se não consegui restituir à senhora o verdadeiro Jamie, pelo menos encontrei alguém que a senhora possa amar, e tenho certeza de que a senhora vai amar Sadie. É um meio de esquecer Jamie.

Dona Carew ficou revoltada. A perpétua fé que a menina punha na sua bondade de coração e na sua necessidade de ajudar alguém a desconcertava e também a aborrecia. Mas ao mesmo tempo não tinha coragem de desiludir Poliana, uma menina que a olhava com aqueles olhos!...

— Mas, Poliana — objetou ela sem forças para resistir e como se já estivesse se sentindo vencida de antemão —, essa moça não tem nada a ver com Jamie e de nenhum modo poderá substituí-lo, você bem sabe.

— Sim, sei que não tem nada a ver — replicou Poliana imediatamente —, e sinto muito. Mas tem alguma coisa de Jamie, quero dizer, parece-se com Jamie nisso de não ter ninguém por si no mundo. Nesse ponto, um vale pelo outro.

— Mas eu só quero o meu Jamie, Poliana! — exclamou dona Carew, arrancando um profundo suspiro.

— Eu sei. Mas sei também que conheço aquela história da "presença de uma criança". Seu Pendleton me contou. A senhora só tem a outra parte, "a mão de mulher".

— Mão de mulher, Poliana? Que nova história é essa?

— Sim, as duas coisas que fazem um lar. Ele disse que era preciso uma mão de mulher e a presença de uma criança para fazer um lar, e disse isso quando estava querendo me adotar, e fui eu que arranjei o Jimmy, que ele adotou.

— Jimmy?

— Sim, Jimmy Bean. Lá do orfanato, de onde havia fugido. Eu encontrei-o na rua e ouvi que desejava ter um lar, com mãe em vez de uma professora, a senhora sabe. Não pude lhe encontrar uma boa mãe, mas encontrei seu Pendleton, que o adotou como filho. Seu nome agora é Jimmy Pendleton.

Dona Carew encontrou-se com Sadie Dean várias vezes depois da festa. Também teve oportunidade de rever Jamie. De um jeito ou de outro, Poliana arranjava jeitos de vê-los lá com frequência, e dona Carew não tinha como evitar aquilo. Seu consentimento era arrancado pela menina com aquele seu modo de pedir que impossibilitava qualquer negativa. Mas dona Carew, embora não consciente disso, estava aprendendo muita coisa de que jamais curara, no tempo em que vivia aferrolhada em casa. Aprendeu, por exemplo, o que significa a vida de uma moça sozinha numa grande cidade, tendo de ganhar a vida e fugir dos moços que a perseguem — e certo dia interpelou Sadie.

— Que quis dizer aquela vez na loja, a respeito da ajuda às moças antes de...?

Sadie Dean corou vivamente.

— Fui grosseira, dona Carew. Queira me perdoar — desculpou-se.

— Não se trata disso. Diga qual era o seu pensamento. Tenho pensado muito naquela frase sua.

A moça ficou em silêncio por uns instantes; depois confessou-se com certa amargura.

— É que me viera à lembrança uma moça que conheci. Essa moça veio para Boston como eu. Era bonita, boa e um tanto fraquinha. Durante um ano fomos companheiras de quarto; fritávamos nossos ovos na mesma frigideira e comíamos nossos bolos de peixe nos mesmos restaurantes baratos. Não tínhamos nada a fazer às tardes senão passear pelo Common, ir ao cinema, se havia dinheiro, ou ficar em casa. Muito bem. Nosso quartinho não era nada agradável: um gelo no inverno, com um bico de gás tão miserável que nem dava luz para leitura. Além do mais, tínhamos em cima um vizinho que estava aprendendo a tocar trombeta. A senhora já viu alguém estudar trombeta?

— Creio que não — murmurou dona Carew, sorrindo.

— Pois não queira ver — disse a moça com um suspiro. — Às vezes, especialmente nos dias de folga, divertíamo-nos subindo a avenida e entrando pelas ruas laterais e espiando para dentro das casas. Nos sentíamos tão sozinhas que éramos levadas a espiar o interior dos lares onde as famílias se reuniam. Chegava a doer ver passarem carros com rapazes tão descuidados dentro, rindo de tudo. Éramos moças, a senhora sabe, e queríamos também rir e brincar. Afinal, um dia, a minha companheira não resistiu e tratou de viver...

"Para encurtar a história: tivemos de nos separar, ela seguiu seu caminho, e eu segui o meu. Não me conformei com as amizades que ela arranjou, deixei isso bem claro e veio daí a separação. Nunca mais a vi durante dois anos, mas ultimamente tive notícia dela, estava numa casa de resgate. Fui lá. Tudo muito bom e bonito. Cortinas, flores, um piano, livros, tudo ótimo. Ricas damas vinham em seus carros visitá-la e a levavam para concertos e matinês. Também lhe ensinavam datilografia e mais coisas para que, quando saísse, pudesse conquistar uma posição. Tudo admirável em redor de minha amiga; todos interessadíssimos em ajudá-la. Ela, entretanto, me disse: 'Sadie, se, quando eu era uma menina honesta, de respeito, séria no trabalho e sempre tão fraquinha, essas damas me tivessem feito um décimo apenas do que hoje fazem, não precisaria haver casas de resgate'.

"Foi isso. Nunca me esquecerei das suas palavras. Não quero dizer que eu seja contra as casas de resgate. Longe disso. Apenas acho que a ajuda 'antes' custa menos e vale muito mais do que a ajuda 'depois'.

— Mas sempre julguei que houvesse casas para as moças que trabalham! — murmurou dona Carew num tom de voz que não era o seu.

— Há, sim. Mas a senhora não sabe como são?

— Não, apesar de ter contribuído com dinheiro para diversas delas.

Sadie Dean sorriu.

— Eu sei. Há inúmeras damas como a senhora que doam dinheiro, mas não verificam o emprego. Não suponha que estou maldizendo esses lugares. Não estou. Há neles muita coisa boa. Mas não passam de uma gota d'água no oceano das necessidades. Talvez os outros não sejam como o que eu conheci. Tudo porque as damas que dão o dinheiro se limitam a isso e não põem o "coração" na caridade. Eu não queria tocar neste assunto, a senhora me perdoe. Mas, como insistiu...

— Sim, eu queria ser bem informada — murmurou dona Carew.

Não era apenas de Sadie que dona Carew estava aprendendo coisas novas; Jamie foi outro bom professor.

O menino ia sempre lá, porque Poliana não o dispensava. No começo, com relutância, depois ajeitou-se lá com a sua conscienciazinha, dizendo que visitar com frequência não queria dizer estar a cargo de alguém.

Frequentemente dona Carew os encontrava na biblioteca, deitados sobre algum livro, e um dia ouviu-o dizer à menina que não faria caso de ficar sem andar pela vida inteira, se pudesse passá-la vendo tantos livros. Outras vezes o menino contava histórias que deixavam Poliana de boca aberta e olhos arregalados.

Dona Carew, que não compreendera o interesse da menina pelo pequeno, começou a ver que o segredo de tudo eram as histórias! E começou a se interessar também, ficando disfarçadamente a ouvi-las por longos períodos. Embora contadas em linguagem crua e incorreta, tinham uma vida prodigiosa e, no fim das contas, dona Carew acabou entrando para o grupinho, mergulhando também sua imaginação pelas maravilhosas idades de ouro. Ela começava a compreender o que significava uma alma ambiciosa, cheia de coragem, metida num corpo machucado. O que de princípio, entretanto, não percebeu, foi a importância que o garotinho já estava tendo em sua vida. Seu interesse por ele crescia tanto que nada a preocupava mais do que descobrir novidades que o pudessem interessar.

Meses se passaram e afinal chegou maio, e com ele a data em que Poliana teria de voltar para Beldingsville. Só então dona Carew percebeu o desastre que seria a volta da menina. Chegou a ficar aterrorizada.

Até então, e sem refletir no que dizia, falara com prazer no retorno de Poliana, alegando como a casa reentraria na calma rotina de sempre. Ter paz, silêncio, solidão — ah, como ansiava por isso! Mas com a chegada do momento tudo mudou. A rotina antiga, o silêncio, a solidão pareciam coisas que já não suportaria. O "se esconder do mundo", o "ficar sozinha com as suas memórias" apagava-se diante do ainda negado, mas já cativo encanto da vida nova que Poliana criara em sua casa.

Por fim convenceu-se de que a volta de Poliana seria um golpe mortal — e se com a sua ausência também não mais tivesse Jamie, o mal seria ainda mais grave. E durante os últimos dias travou-se em sua alma a pior luta da sua vida. O coração, afinal, venceu.

Numa das visitas de Jamie, e que seria a última, dona Carew abordou-o de coração aberto. O que falou não se sabe; mas nunca maior luz de triunfo brilhou nos olhos de uma mulher quando, depois de uns instantes de reflexão, o menino respondeu:

— Sim, agora fico, porque agora é convite de amigo.

✳ 14 ✳
O MONSTRO DE OLHOS VERDES

Quando Poliana voltou para Beldingsville, a cidade não foi de novo esperá-la com a banda de música, mas apenas porque pouquíssimas pessoas sabiam em que dia voltaria. Mas desde que deixou o trem juntamente com os Chilton, os cumprimentos choveram de todos os lados. Nesse mesmo dia, ela foi correr a cidade em visita a todos os velhos amigos, e, como dizia Nancy, "onde a gente punha o dedo, lá encontrava a menina". Por toda parte, Poliana esbarrava com a mesma pergunta: "Então, como foi em Boston?". E a sua resposta era parecida com a que dera a Pendleton.

— Gostei muito, pelo menos de parte de Boston.

— Não de todo? Por quê? — indagara seu Pendleton.

— De todo, não. Em partes, Boston é um encanto — explicava a menina. — Passei dias admiráveis, vendo coisas esquisitas e diferentes, o senhor sabe. O jantar na casa de dona Carew era à noite, e não à tarde, como aqui. Vi belezas como Bunny Hill e o jardim público; também andei nos carros de Boston por quilômetros de ruas sem fim e vi estátuas, vitrines e gente que não acabava mais. Nunca imaginei que houvesse tanta gente no mundo.

— Você sempre gostou de ver gente, Poliana.

— É verdade. Mas de que vale ver tanta gente, quando não se conhece ninguém? Dona Carew não deixava que eu falasse com desconhecidos.

Fez uma pausa e depois de um suspiro continuou:

— Creio que foi o que gostei menos em Boston, isso de as pessoas não se conhecerem. Por causa disso, seu Pendleton, há inúmeras criaturas que vivem em ruas estreitas e sujas, e nem bolos de peixe podem comer todos os dias. Ao mesmo tempo existem outras, como dona Carew, que moram em casas maravilhosas e possuem tudo o que desejam. Se essas pessoas conhecessem umas às outras, seria ótimo.

Seu Pendleton interrompeu-a com uma risada.

— Minha cara, então acha que ninguém se conhece por lá?

— É verdade, seu Pendleton. A Sadie Dean, por exemplo, que vende laços numa grande loja; ela queria conhecer pessoas e não podia; apresentei-a a dona Carew e depois disso a recebemos em casa muitas vezes. O mesmo aconteceu com Jamie e outros, e dona Carew ficou tão contente de conhecê-los! Isso é que me fez pensar que se uma porção de donas Carews conhecessem uma porção de outros, seria excelente para os dois lados!

Seu Pendleton riu novamente.

— Poliana, Poliana! Acho que você está navegando em águas muito profundas. Desse modo acabará socialista ou anarquista.

— Socialista? — repetiu a menina, incerta do que significava a palavra. — Parece que não sei o que isso é. "Sociável" sei e gosto das pessoas sociáveis. Se socialista é qualquer coisa assim, quero ser socialista.

— Não duvido, Poliana — sorriu seu Pendleton. — Mas se fosse, haveria de ficar seriamente atrapalhada com o problema da distribuição da riqueza.

A menina suspirou.

— Eu sei. É assim que dona Carew falava. Ela dizia que isso estava acima da minha compreensão; que... que seria "pauperizar" o mundo, e por aí vai. Qualquer coisa assim. Mas, seja lá como for, o que não compreendo é que alguns tenham demais e outros tenham de menos. Se eu tivesse muito, daria sem medo aos que têm pouco.

Seu Pendleton ria cada vez mais e por contágio a menina riu também.

— É uma trapalhada que me deixa sem entender nada de nada — disse ela.

— Sim, minha cara, e nem pode entender — concordou o homem, tornando-se de repente sério e afetuoso. — Nenhum de nós entende. Mas, diga, quem é esse tal Jamie de quem você tanto fala?

E Poliana contou.

Discorrendo sobre Jamie, a menina perdeu o seu ar preocupado. Gostava de falar dele por ser um assunto em que se via à vontade. Jamie não constituía nenhum desses problemas que devem ser tratados com palavras sonoras e que a gente não entende bem. Além disso, era assunto que interessava grandemente a seu Pendleton, perfeito conhecedor do quanto valia numa casa uma "presença de criança".

Não só seu Pendleton como todos da cidade ficaram sabendo a história inteira do menino com deficiência, porque para Poliana todos deviam se interessar pelo caso tanto quanto ela própria. E nunca se viu desapontada, exceto quando falou de Jamie a Jimmy.

— Escute — disse Jimmy, irritado. — Não havia mais ninguém nessa Boston além do tal Jamie?

— Ah, Jimmy Bean! — exclamou a menina, surpresa. — O que quer dizer com isso?

O rapaz ergueu o queixo.

— Não sou Jimmy Bean. Sou Jimmy Pendleton, e o que quis dizer foi justamente o que disse, perguntei se não havia em Boston mais ninguém fora esse Jamie bobo que batizava um esquilo com o nome de lady Lancelot e tudo mais.

— Ah, Jimmy B... Pendleton! — exclamou a menina. — Jamie não é bobo, não; ao contrário, é um menino bem esperto. E conhece histórias lindas! E também sabe contar histórias tiradas da própria cabeça. E nunca deu nome a nenhum esquilo de lady Lancelot. Sir Lancelot, isso, sim. Se você soubesse metade do que ele sabe não havia de dizer isso — concluiu com os olhos brilhando.

Jimmy corou e sentiu-se envergonhado. Estava já mordido pelo monstro de olhos verdes do ciúme.

— Que seja — retrucou ironicamente. — Não me incomodo com ele. Que nome... Jamie! Oh, oh, oh! Nome de gente fresca, já ouvi várias pessoas dizerem isso.

— Quem? Cite uma!

Jimmy não respondeu.

— Quem disse? — insistiu a menina.

— Papai — declarou o rapaz em voz alterada.

— O... o seu pai, Jimmy? — repetiu Poliana, curiosa. — Como, se seu pai não conhecia Jamie?

— Não foi desse Jamie. Foi de mim mesmo — explicou o menino sombriamente, com os olhos distantes, um estado de alma que assumia sempre que falava do pai.

— Você...

— Eu, sim. Pouco antes de ele morrer. Estávamos numa fazenda, trabalhando na ceifa do feno, eu e ele. A mulher do fazendeiro era muito boa para mim e, não sei por que, me chamava de Jamie. Quando meu pai soube, ficou furioso, tão furioso que nunca mais me esqueci do que ele falou. Disse que Jamie não era nome para um rapaz e que não admitia que seu filho fosse chamado assim. Disse que era nome de gente fresca. Ficou tão bravo que nesse mesmo dia se despediu e lá se foi comigo estrada afora. Fiquei muito triste, porque gostava bastante dela, da mulher do fazendeiro.

Poliana lembrou-se de que Jimmy nunca havia falado da sua vida passada e se interessou.

— E depois? O que aconteceu? — perguntou, já esquecida do mal humor.

O rapaz suspirou.

— Fomos andando até encontrar outro trabalho, e foi então que meu pai faleceu e me puseram no orfanato.

— De onde você fugiu e foi parar naquela estrada perto da casa de dona Snow. Daí por diante conheço muito bem a sua história.

— É isso; começou a conhecer daí por diante — disse Jimmy já em tom zangado, como no começo. — Não sou nem quero ser Jamie, entendeu? Fique esse nome para os frescos — concluiu e se afastou correndo, deixando a menina atônita.

— Pois muito bem, então — murmurou ela depois de alguns instantes. — Acho que devo ficar contente de Jimmy não ser sempre assim — suspirou, com os olhos postos no enciumado que já estava longe.

15

TIA POLI PREOCUPA-SE

Uma semana depois da chegada de Poliana, dona Chilton recebeu uma carta de Della Wetherby.

Queria que a senhora soubesse o que sua sobrinha fez por minha irmã, mas receio não conseguir explicar. Só quem a conheceu antes da vinda de Poliana poderá entender direito. A senhora a viu por uns momentos apenas e deve estar lembrada do aspecto sombrio e da sua tristeza, mas não conviveu com ela e, portanto, não pode imaginar até que ponto chegara a amargura do seu coração, a sua falta de interesse por tudo e o seu terrível pessimismo.

Mas Poliana veio. A senhora não sabe, mas vai agora ficar sabendo que minha irmã lamentou muito ter prometido receber a menina e me disse que, se começasse a dar sermões, iria mandá-la embora na mesma hora. Pois muito bem, Poliana não deu sermão nenhum, pelo menos é o que consta das cartas de minha irmã, a única que tem autoridade para dizer. Agora permita-me contar como a encontrei, na minha última ida a Boston. Só isso poderá explicar o milagre que a maravilhosa menina realizou.

Quando me aproximei da casa, já de longe vi todas as janelas abertas, e isso me espantou. Assim que entrei, ouvi música lá dentro. A sala de estar escancarada e o ar cheio com o perfume de vasos de rosas!

A funcionária que me recebeu disse que dona Carew e seu Jamie estavam na sala de música, então fui lá encontrá-los, ela e o menino que tomou para criar. Os dois ouviam um desses pianos automáticos, que fazem o papel de uma orquestra inteira.

O menino estava num carrinho de rodas, com um ar de felicidade, e minha irmã parecia ter dez anos a menos do que da última vez que eu a vi. Suas bochechas, outrora tão pálidas, estavam levemente coradas, e seus olhos brilhavam. Pouco depois, mal acabei de trocar minhas primeiras palavras com o menino, Ruth me levou para seu quarto de cima. Nós nos sentamos, e ela começou a falar de... Jamie. Não do antigo Jamie desaparecido e no tom que usava, com olhos lacrimosos e muitos suspiros, mas do novo Jamie, sem lágrimas nem suspiros.

"Della, ele é admirável!", foi como Ruth começou a conversa. "Tudo que há de mais alto na música, na arte e na literatura o seduz de um modo surpreendente, embora lhe falte conhecimento, mas vem um professor amanhã. Sua linguagem não é tão boa, mas possui um vocabulário de admirar, graças aos bons livros que leu a fundo e quase decorou. Como conta as histórias desses livros! Parece um carro que dispara! A sua educação geral é limitada, e nem podia deixar de ser, já que viveu no meio em que viveu; mas a sua ânsia de aprender remediará tudo muito em breve. Ele gosta imensamente de música, e não deixarei que se perca esse dom. Já escolhi uma ótima coleção de peças. Uma o encantou, aquela música do Santo Graal. Jamie conhece tudo que diz respeito ao rei Artur e à Távola Redonda e fala dos lordes e das ladies como se fossem membros da sua família, confunde sir Lancelot com um esquilo do jardim. Ah, Della, creio que esse menino pode sarar! O doutor Ames virá examiná-lo..."

E por aí foi ela, a falar, a falar, enquanto ao lado eu ouvia, atônita. Que felicidade! Venho contar isso, minha cara dona Chilton, para que a senhora veja como minha irmã está interessada no menino e com que apuro vai cuidar de sua educação. E também como mudou de atitude diante da vida. Não é mais a mesma, sarou de sua doença da alma, e tudo por causa de Poliana!

Poliana! E o melhor é que Poliana age inconscientemente e nem faz ideia do milagre que fez. Minha irmã também ainda não dá se conta da grandeza do trabalho de Poliana.

Agora, minha dona Chilton, como posso agradecer o bem que sua bondade nos causou? Desisto de tentar. Sei que é impossível, mas fique certa de que em meu coração brilhará sempre uma chama de amor pela senhora e pela abençoada menina.

— Muito bem! — exclamou o doutor Chilton logo que a esposa terminou a leitura da carta. — Parece que a cura foi radical.

— Tom, não diga assim, por favor! — contraveio a esposa em tom ressentido.

— Por quê, Poli? Não está contente de que o... o remédio tenha operado a cura?

Dona Chilton afundou na poltrona, com um suspiro de desânimo.

— Lá vem você de novo, Tom! Está claro que estou contente de que essa mulher tenha arrancado sua alma do desespero e procure hoje ser útil a alguém, e tudo graças à atuação de Poliana. Mas me aborrece vê-la falando da menina como se ela fosse uma garrafa de remédio, um cura-tudo. Compreende?

— Bobagem! Que mal há nisso? Eu mesmo denominei Poliana de tônico, no primeiro dia em que a vi.

— Que mal há nisso? Há que a menina está crescendo e não deve ficar abusada. Até aqui tem agido sem consciência nenhuma do que faz, e nisso reside o segredo do seu constante sucesso. Mas do momento em que se meter a reformar as pessoas "conscientemente", você sabe tão bem quanto eu que se tornará impossível. Por isso vivo ansiosa, com medo de que Poliana descubra a força que tem.

— Bobagem. Não vejo onde está o mal — ponderou o médico.

— Pois eu vejo, Tom.

— Poli, pense no que ela já fez. Pense em dona Snow, em John Pendleton e na quantidade de outros, todos estão entregues à ação da menina, e agora essa dona Carew.

— Sei que ela curou a todos, mas só não quero que ela saiba disso. Poliana sabe em partes. Sabe que ensinou o jogo do contente e que por causa desse jogo as pessoas se consideram mais felizes. Poliana atribuiu a dança ao jogo apenas, não a si própria. Aqui conosco você bem sabe que Poliana nos pregou o mais poderoso sermão que ainda ouvimos, mas sem nem perceber. Assim que ficasse sabendo, tudo mudaria. Pois bem: decidi uma coisa. Voltaremos para a Alemanha, e ela irá com a gente.

— Levá-la conosco! Ótimo! Por que não?

— Está combinado. Ando com ideias de permanecer lá vários anos, e assim afastaremos Poliana de Beldingsville por um bom tempo. Desse modo não se estragará, não se tornará nenhuma insuportável pedantezinha cheia de si.

— Iremos para a Alemanha, com toda a certeza, mas creio que Poliana jamais se tornaria o que você diz. A ideia de uns anos na Alemanha me agrada bastante, se não falei nisso foi justamente por causa da menina. Mas se ela vai, está tudo certo. Preciso de mais uns tempos lá para estudos e prática de hospital.

E ficou decidida a viagem à Alemanha.

16
VOLTA DE POLIANA

A cidadezinha de Beldingsville estava agitadíssima. Nem quando Poliana voltou do centro de recuperação "andando" houve tanto debate a seu respeito. A menina vinha agora de uma longa estada no estrangeiro, e já era moça. A curiosidade de vê-la crescida era imensa.

Poliana estava com vinte anos. Vivera seis em Berlim, viajando durante os verões por vários países em companhia dos Chiltons, e durante todo esse tempo só viera a Beldingsville uma vez, aos quinze anos. Agora tinha voltado definitivamente; ela e sua tia Poli.

E o doutor Chilton? Ele falecera de repente seis meses antes. Ao chegar essa notícia, todos da cidadezinha esperaram pela imediata volta da viúva e da menina. Mas a expectativa não se realizou. Dona Poli quis que os agudos da sua dor transcorressem entre desconhecidos.

Meses depois correu a notícia, vaga a princípio, depois detalhada, da ruína financeira dos Chiltons. As ações de várias empresas em que a antiga dona Poli havia empregado seus capitais sofreram um forte colapso; depois perderam completamente o valor. A fortuna dos Harringtons evaporou. Da parte do médico pouco restava, porque nunca fora um homem de guardar muita fortuna, e as viagens pela Alemanha haviam consumido quase tudo. Beldingsville, então, não se surpreendeu quando, seis meses após a morte do médico, chegou a notícia do breve retorno da viúva com a menina.

Depois de tanto tempo fechada, a casa dos Harringtons abriu suas portas e janelas. E mais uma vez Nancy, agora dona Timóteo Durgin, varreu e espanou a casa inteira com o apuro do costume.

— Não, não recebi ordem nenhuma para isso — explicava Nancy aos vizinhos e curiosos que a vinham questionar. — Mãe Durgin ficou guardando as chaves para vir de vez em quando arejar os cômodos e ver se estava tudo em ordem. Agora, faz uns dias já, recebeu uma carta de dona Chilton, dizendo que vem sexta-feira e que deixasse as chaves sob o tapete da entrada.

"Sob o tapete, imagine! Como se eu fosse permitir que as duas pobres coitadas sofredoras entrassem sozinhas nesta casa abandonada, ainda mais comigo morando a menos de dois quilômetros e toda esparramada em poltronas como uma grande dama, dona do seu lar como eu. Ah, não! Quero servi-las, principalmente agora que vêm sem nada, sem o pobre marido, aquele doutor tão bom que lá se foi, e sem as riquezas. Pois perderam tudo nas tais companhias, sabem? Imaginem só isso de dona Poli, digo, senhora Poli pobre! Meu Deus do céu. Não dá nem para acreditar."

Talvez a ninguém Nancy falasse tão interessadamente como a um bonito rapaz de olhos francos e vivos que ali aparecera a cavalo lá pelas dez horas. E talvez a ninguém falasse com maior embaraço, pois se tratava de "Master Jimmy... seu Bean, quero dizer, seu Pendleton, master Jimmy" que foi como, envergonhadíssima, recebeu-o Nancy, fazendo o moço morrer de rir.

— Não se afobe, Nancy! Deixe o meu nome cair da sua boca de qualquer jeito. O que me interessa é apenas saber se dona Chilton e sua sobrinha chegam amanhã.

— Chegam, sim. Seu B... seu Pendleton — respondeu Nancy, gaguejando. — As coitadas sofredoras chegam justamente amanhã, e vou ficar muito contente de vê-las, mas não contente do estado em que vêm.

— Compreendo — disse o moço com ar grave, correndo os olhos pela fachada da velha casa que tantas recordações lhe trazia à saudade.

— Eu não me espanto, master Jimmy — disse Nancy com encanto no belo cavalo e no cavaleiro —, que o senhor venha pedir notícias da menina. Sempre pensei que uma hora ou outra chegaria o momento. E vai entrar na história o momento em que ela vai encontrá-lo na grande casa de seu Pendleton. Meu Deus! Quem diria... Aquele pequenino Jimmy Bean, transformado desse jeito!

Pensamento semelhante devia ter ocorrido a seu John Pendleton, quando, na varanda de sua casa, viu chegar o elegante cavaleiro. A expressão dos seus olhos era a mesma dos olhos de Nancy. Cinco minutos depois, o moço entrava na varanda.

— Então, meu rapaz, é verdade? Elas vêm mesmo? — perguntou o velho com interesse.

— Sim, amanhã — respondeu o moço, tomando uma cadeira.

O tom da resposta fez franzir a testa de seu Pendleton, que procurou os olhos do rapaz e hesitou; depois disse:

— Que é que há, meu filho?

— Nada, meu pai.

— Não me venha com essa historinha. Você partiu daqui no galope, numa ansiedade louca, e agora volta todo borocoxô e se joga numa cadeira, como vencido. Se eu não conhecesse a situação, diria que está desgostoso de que elas estejam para chegar.

O velho parou à espera da resposta, que não veio.

— Então, Jimmy, não está contente pela volta de nossas grandes amigas?

O rapaz sorriu de um modo inquietante.

— Claro que estou, nem podia ser de outra maneira.

— Pois sua cara não diz isso.

O moço riu novamente e corou.

— É que estou pensando em Poliana. Vivi preocupado com ela o tempo inteiro e no entanto agora... não sei se devo vê-la.

— Por quê, Jimmy?

— O senhor não vai me entender, mas a verdade é que eu nunca quis ou nunca pensei que Poliana fosse crescer. Era tão engraçadinha, mas do jeito de antes! Gosto de pensar em Poliana como a vi da última vez, dizendo, com aquela carinha cheia de sardas e os olhos lacrimosos: "Ah, sim, estou indo, mas creio que ficarei ainda mais contente de voltar". Foram as últimas palavras que ouvi dela. Quando veio aqui aos quinze anos nós andávamos longe, naquela viagem ao Egito.

— Sei. Compreendo os seus sentimentos, meu filho, pois também me senti assim até o momento em que a vi em Roma.

O moço encarou-o vivamente.

— O senhor a viu em Roma? Pois me conte direito essa história.

Os olhos do velho brilharam maliciosos.

— Como? Há pouco me disse que não queria saber de Poliana crescida, não disse?

Esse lembrete em nada diminuiu a extrema curiosidade do rapaz, que perguntou:
— Está bonita?
— Ah, esses jovens! — exclamou o velho. — Sempre a mesma questão, bonita!
— Mas está bonita, meu pai?
— Não responderei. Isso quem tem que dizer é você mesmo, caso... não. Vou contar tudo: vou preparar o seu espírito, Jimmy. Poliana não está bonita, no sentido de boniteza que vem da regularidade de traços, e suponho que o mal secreto de Poliana é a sua certeza de que não é bonita. Uma vez me disse, lembro bem, que cabelos cacheados eram coisa que ela só teria quando se mudasse para o céu. Em Roma, nesse nosso encontro, ela repetiu algo assim. Disse sutilmente e com palavras indiretas, mas percebi o pensamento lá no fundo. Declarou que desejava ler um romance onde a heroína tivesse cabelos lisos e sardas no rosto, e que ela ficava contente de todas as meninas não terem cabelos lisos e sardas no rosto.
— Isso me parece coisa da antiga Poliana...
— Ah, você vai encontrar a mesma alma — disse o velho. — Já eu, acho-a bonita, sim. Os olhos são um encanto. Saúde de ferro. Viva, dessa vivacidade primaveril da mocidade, e, quando fala, mostra tanta expressão no rosto que não deixa perceber se seus traços são regulares ou não.
— E o jogo do contente? Joga ainda?
— Suponho que sim, mas sem falar nele constantemente. Pelo menos não se referiu ao jogo nas três vezes em que esteve comigo.
Houve um breve silêncio; depois, lentamente, o jovem Pendleton confessou:
— Creio que é essa uma das coisas que me inquietam. Esse jogo representou tanto nesta cidade, para as vidas de tanta gente. Não posso me conformar com a ideia de que Poliana o tenha abandonado. Ao mesmo tempo, não posso imaginar uma Poliana crescida, perpetuamente a lembrar a todo o mundo que é preciso andar contente. Por isso disse que não desejava que ela crescesse.
— Eu não penso nisso — observou o velho, sorrindo de modo peculiar. — Poliana há de ser sempre "aquela chuva que limpa o céu", literal e figurativamente, e imagino que viva com os mesmos princípios, embora os expresse de um jeito diferente. Pobre menina! Não consigo imaginá-la vivendo sem o jogo, ainda mais agora.
— Está falando da situação financeira de dona Chilton? A viúva está realmente pobre?
— Parece que sim. A fortuna minguou de modo terrível com a queda das ações de várias empresas, e o que o pobre Tom levou era pouco e acabou nas viagens. Tom nunca soube ganhar dinheiro. Além disso, estava se preparando para grandes coisas, e a morte o colheu no momento em que ia realizar seus ideais. Imaginou, estou certo, que a esposa e Poliana ficariam muito bem garantidas e não se preveniu contra os dias de chuva.
— Sei, sei. Compreendo. É péssimo isso...
— E não é tudo. Dois meses depois da morte de Chilton, eu as encontrei em Roma: a viúva estava numa terrível depressão nervosa, com a dor da perda do marido já somando com as más notícias recebidas sobre a sua situação financeira, e recusava-se a voltar. Dizia que nunca mais colocaria os pés em Beldingsville nem desejava ver ninguém daqui. Você sabe, ela era orgulhosíssima. Poliana me contou que dona Chilton tinha se convencido de que Beldingsville não havia aprovado o seu casamento, e que agora que perdera Chilton não esperava encontrar nenhuma simpatia aqui. E também se ressentia do fato de voltar pobre, viúva e pobre. Em suma, todas essas desgraças, as acontecidas e as imaginadas, haviam-na derrubado de um modo tristíssimo. Pobre Poliana! Parece-me surpreendente que tenha resistido a tanto. Mas tenho muito receio de que, se continuar em companhia de dona Chilton, não vá mais aguentar. Por isso falei que Poliana hoje não pode abrir mão de jogo nenhum, como aquele de antigamente.
— Que horror! Pensar que tudo isso aconteceu justamente com a coitadinha da Poliana! — exclamou o rapaz em tom comovido.
— Sim, e você note o constrangimento da cidade. A única causa disso é dona Poli, que não quer se encontrar com ninguém. Só escreve a uma pessoa daqui, à dona Durgin, sua chaveira. A mais ninguém.

—Nancy me contou dessa carta. Boa alma, a Nancy. Eu a vi abrindo e varrendo a casa, para que não parecesse um túmulo para as esperadas. Tudo está bem-conservado por lá, a grama tratadinha e tudo, mas me deu uma pontada no coração ver aquele lugar vazio.

Ficaram em silêncio por um momento, e depois seu Pendleton sugeriu:
— Alguém deve ir esperá-las.
— Também acho.
— Você vai à estação?
— Vou, já resolvi.
— Sabe o trem?
— Isso, não. Nem a Nancy sabe. Mas esperarei todos os trens — disse o moço com uma careta. — Timóteo irá com o carro. Não são muitos trens, é o que vale...
— Hum! — exclamou seu Pendleton. — Admiro sua coragem, Jim, mas não garanto nada. Vá e seja feliz.
— Obrigado, meu pai. Preciso de coragem, sim, e também do seu conforto moral, não há dúvida.

17
A CHEGADA DE POLIANA

Quando o trem se aproximou de Beldingsville, Poliana ergueu os olhos para a tia. Durante a viagem, a inquietação e o desespero da viúva vinham-se agravando cada vez mais, e a menina estava apavorada, imaginando como seria o fim da jornada.

O aspecto de sua tia lhe doía o coração. Era incrível como podia uma pessoa decair tanto, envelhecer tanto em apenas seis meses! Os olhos de dona Chilton haviam perdido a luz; as faces haviam murchado; sua testa estava cheia de rugas. A boca decaíra nos cantos, e o cabelo voltara a ser penteado e liso para trás, como antigamente. Toda a doçura que lhe viera depois do casamento desaparecera, tragada pelo azedume e amargor da infelicidade.

— Poliana! — chamou a viúva de modo incisivo, e a menina a olhou certa de que a tia andava adivinhando seus pensamentos.
— O que foi, tia Poli?
— Onde está a bolsinha de mão preta?
— Aqui.
— Abra-a e tire o meu véu negro. Já estamos chegando.
— Mas, tia Poli, o véu é tão abafado.
— Poliana, eu pedi o véu. Se você aprendesse de uma vez a apenas me obedecer, sem fazer sugestões, seria ótimo para mim. Quero o véu. Não posso admitir que toda a cidade de Beldingsville fique chocada ao ver como eu "estou lidando" com tudo.
— Ah, minha tia, eles nunca foram malvados assim! — protestou Poliana enquanto abria a bolsinha. — Além de que não virá ninguém à estação, já que não avisamos a hora da nossa chegada.
— Eu sei. Mas como escrevi à Durgin que arejasse os quartos, acho que a cidade inteira já sabe. Metade dos habitantes estará na estação e outra metade pelos arredores, espiando. Conheço aquela gente.
— Ah, minha tia! — exclamou Poliana com tom de censura.
— Se não estivéssemos sozinhas, se meu marido estivesse aqui e... — mas não conseguiu concluir e desviou o rosto, pedindo convulsivamente o véu.
— Está aqui — respondeu a moça, apresentando-o. O trem já havia diminuído a velocidade.
— Espero que o Timóteo tenham vindo nos esperar — disse Poliana, esquecida de que a vida mudara. A viúva completou a frase:
— ...para nos levar de carro, não é? Então você acha que ainda podemos ter carro próprio?

Se ficarmos gastando assim, daqui a pouco seremos forçadas a pôr os cavalos e o carro à venda. Nada disso. Prefiro tomar um carro de aluguel.

— Eu sei, mas...

O trem parou nesse momento.

Dona Chilton desceu, recoberta de um véu espesso, ereta, sem olhar nem para a direita, nem para a esquerda. Poliana, pelo contrário, voltava-se para todos os lados, a saudar e a sorrir para vinte conhecidos. De repente, se viu diante de alguém que pareceu familiar, embora muito mudado.

— Quê? Será que é o Jimmy? — exclamou radiante. — Ah, acho que devo dizer seu Pendleton, não? — corrigiu-se logo, sorrindo. — Está tão crescido e mudado!

— Duvido que consiga mudar o tratamento — respondeu o moço com uma covinha no queixo ao modo do antigo Jimmy Bean. Em seguida, se virou para cumprimentar dona Chilton: não conseguiu; a viúva já estava longe, olhando firme para a frente. Jimmy então gritou, metade para cada uma:

— Venham por aqui as duas! Timóteo veio com o carro.

— Ah, que bom! — exclamou Poliana, e voltou um olhar ansioso para o vulto de véu que seguia na frente.

— Minha tia! — gritou. — Timóteo está para cá, com o carro! — E depois: — É o Jimmy Bean, lembra dele, titia?

No seu nervosismo, Poliana nem percebera que falara do gentil moço com o seu velho nome de infância. Dona Chilton, pelo contrário, notou e, com visível relutância, cumprimentou-o de cabeça.

— Seu Pendleton foi muito amável em ter vindo, mas... lamento que tanto ele como Timóteo tenham tomado esse incômodo — disse ela friamente.

— Não diga isso, dona Chilton! — respondeu o moço, procurando disfarçar o embaraço. — Deixe-me ver as malas e já cuido do restante da bagagem.

— Obrigada, mas nós mesmas faremos tudo — respondeu a viúva.

Mas Poliana, com um gentilíssimo "grazzie!", já lhe havia passado as malas, e a dignidade impunha a dona Chilton que se conformasse com a situação.

A ida para a casa foi silenciosa. Timóteo, desapontado com a recepção que lhe fizera a antiga patroa, dirigia tenso e meditativo. A viúva apenas lhe dera um insignificante "Bom, menino, agradeço por ter vindo, e pode tocar para casa", palavras que ficaram cantando sombriamente no ouvido. Poliana, entretanto, não se continha e com exclamações e lágrimas nos olhos saudava cada sítio ou ponto conhecido. Só uma vez falou com a tia e foi para dizer:

— Está bonito o Jimmy, não? Como melhorou! Que olhos e que sorriso!

E como não viesse nenhuma resposta, respondeu para si mesma:

— Está mesmo um lindo rapaz.

Timóteo, além de magoado, sentia medo de contar a dona Poli quem a esperava em casa, de modo que entrarem e darem com a Nancy lá dentro foi uma completa surpresa.

— Ah, Nancy! Que encontro agradável! — gritou Poliana, que ia na frente. — Titia, olhe quem está aqui, a Nancy! E como deixou tudo em ordem...

A voz de Poliana procurava fazer-se alegre, mas entrar naquela casa vazia, desacompanhada do seu querido amigo Chilton, era difícil, e, se já era difícil para Poliana, devia ser muito mais para dona Poli. Poliana pressentiu que dona Poli estava prestes a ter um ataque de nervos diante de Nancy. Debaixo do véu os olhos da viúva ardiam, e seus lábios tinham o tremor característico do surto que se aproxima. Por isso a moça de nenhum modo se surpreendeu com as palavras frias com que ela saudou a antiga empregada, seguidas de um ríspido:

— Tudo foi muito gentil de sua parte, Nancy, mas eu, na verdade, preferia que não tivesse feito nada.

A alegria do encontro sumiu do rosto de Nancy. Aquela fria observação não só a chocara como ainda a amedrontara, e foi balbuciando que respondeu:

— Ah, dona Poli, quer dizer, dona Chilton! Pa... pareceu tão horrível deixar que a senhora e a menina...

— Pronto, acabou — interrompeu dona Poli. — Não quero mais falar nisso — declarou e entrou de cabeça erguida. Instantes depois soou o barulho de uma porta se fechando lá em cima, era a do seu quarto.

Nancy se virou para Poliana:

— Ah, o que é que houve? O que foi que fiz? Pensei que ela fosse gostar tanto...

— Você fez muito bem, Nancy — respondeu Poliana, fungando e enxugando as lágrimas com a bolsa em vez do lenço. — Foi uma ideia encantadora essa de vir nos esperar.

— Mas dona Poli não gostou...

— Gostou, sim, mas não quis mostrar que gostou. E ainda teve medo de mostrar outras coisas... Ah, Nancy, Nancy, estou tão alegre que vou chorar. — E de fato rompeu em choro apoiada no ombro da velha empregada.

— Calma, calma, minha querida — acalmou-a Nancy, fazendo carinho nela com uma das mãos e usando a outra para enxugar os próprios olhos com a ponta do avental.

— Você compreende, Nancy, que eu não podia chorar na frente de titia — explicou a moça. — E era difícil resistir. Eu sei o que minha tia estava sentindo...

— Minha abençoada! — fungou Nancy. — E pensar que a primeira coisa que fiz foi irritar dona Poli e...

— Não pense assim, Nancy; ela não ficou irritada com coisa nenhuma — corrigiu Poliana. — É o jeito dela, você bem sabe. Não gosta de mostrar a ninguém como está dolorida com a morte do doutor. Até comigo faz coisas assim a toda hora.

— Eu sei, eu sei — disse Nancy, continuando com os mimos de consolo. — Minha abençoada. Estou bem contente de ter vindo, mas só pela senhora.

— Então imagine eu — murmurou Poliana, ajeitando-se e enxugando as lágrimas. — Já estou melhor. Agradeço muito o que fez, Nancy, mas não quero que se incomode por nossa causa. Se já for hora de voltar para sua casa, volte.

— Voltar? Não. Estou aqui e é aqui que vou ficar.

— Ficar com a gente, Nancy? Não está casada com o Timóteo?

— Estou, sim, mas ele não fará caso desde que seja para servir a menina...

— Ah, Nancy, não podemos aceitar! — objetou Poliana. — A nossa vida de antes acabou, você sabe. Temos de trabalhar, e até nos acomodarmos nessa vida nova temos que viver na maior economia.

— Até parece! — exclamou Nancy ofendida. — Então você acha que é o dinheiro que eu estou querendo?

Mas, desarmada pela ternura que via nos olhos da moça, baixou logo de tom e foi correndo cuidar do frango que tinha no forno.

Só depois de terminada a refeição e de tudo arrumado, dona Timóteo Durgin aceitou ir embora com o seu marido, e lá foi ela com muitas desculpas, pedindo humildemente para vir todos os dias "ajudar um bocadinho".

Logo que ficou sozinha, Poliana foi ver a tia.

— Então, titia, quer que acenda as luzes? — sugeriu.

— Acenda.

— Não foi gentil da parte de Nancy ter arrumado tudo tão bem?

Não houve resposta.

— Onde será que ela encontrou estas flores? — continuou Poliana. — A coitada botou flores em todas as salas e quartos...

Nenhuma resposta ainda.

Poliana reteve um suspiro e procurou ler os olhos de sua tia.

Então, dona Poli se virou desesperada.

— Poliana, o que é que vamos fazer agora?

— Ora! Iremos fazer o melhor que pudermos, titia.

Dona Poli fez um gesto de impaciência.

— Vamos, Poliana. Fale sério uma vez na vida. O que é que vamos fazer? Como sabe, minhas rendas extinguiram-se quase totalmente, eu imagino. Seu Hart diz que tenho muito pouco a receber. Há uns restos de dinheiro no banco e algum a entrar. E há esta casa. Mas de que adianta esta casa? É grande demais para nós duas, não temos como dar conta. O melhor seria vendê-la pela metade do valor, a não ser que apareça quem dê o que ela vale.

— Vender! Ah, titia, a senhora não pode vender uma casa tão cheia de recordações preciosas!

— Mas serei forçada. Temos de viver, temos de comer, infelizmente.

— Sei disso e sou muito faminta — queixou-se Poliana com uma risada. — E apesar disso acho que devo ficar contente do meu apetite ser bom.

— Hum! Você sempre encontra do que ficar contente, não tem jeito mesmo. Mas e eu, menina? Fale sério, por um minuto.

A expressão do rosto de Poliana mudou.

— Estou falando sério, titia Poli. Estou refletindo sobre o modo de ganhar algum dinheiro.

— Ah, meu Deus! Nunca imaginei que iria ouvir isso! — suspirou a viúva magoada. — Uma Harrington ter de ganhar a vida!

— Mas esse não é o jeito de encarar a questão, titia — gritou Poliana, rindo. — A senhora deve ficar contente que uma Harrington seja capaz de ganhar a vida, isso, sim. Não há desgraça nenhuma nisso, muito pelo contrário.

— Talvez seja assim. Mas não é bom para o nosso orgulho, confesse, ainda mais com a posição que sempre tivemos nesta cidade.

Poliana parecia não ouvir. Seus olhos estavam distantes.

— Se eu ao menos tivesse talento para alguma coisa! — murmurava para si mesma. — Se pudesse fazer qualquer coisa melhor do que alguém... Sei cantar um pouco, sei tocar, sei bordar; mas tudo um pouco, nada muito bem. Não sei o necessário para fazer de qualquer dessas coisas um meio de vida. Espere! Acho que poderei cozinhar e tomar conta de casa! Lembre-se, titia, que na Alemanha eu até gostava quando a Gretchen não aparecia, gostava de fazer o serviço. Só que nunca pensei em cozinhar e arrumar para os outros...

— E você acha que eu aceitaria uma coisa dessas? Que ideia absurda, Poliana.

— Pois é, mas trabalhar na própria cozinha não traz vantagem nenhuma — suspirou a moça. — Não rende dinheiro, e é de dinheiro que precisamos.

— Em última análise, é mesmo. Não há dúvida — concordou dona Poli.

Houve um longo silêncio, que Poliana rompeu:

— Se depois de tudo quanto a senhora fez por mim, tia Poli, eu tivesse a chance de ajudá-la! Ah, vou conseguir! Deve haver algo em mim que valha dinheiro...

A viúva arrancou um suspiro profundo, enquanto Poliana se levantou em um salto.

— Minha cara tia, não fique triste. Quer apostar que eu desenvolvo um talento qualquer em alguns dias? Além disso, a vida é muito mais empolgante assim! Precisar de uma porção de coisas, estudar os meios de tê-las e depois promover os meios é maravilhoso, tia Poli! — E Poliana, já restaurada na sua coragem, encheu o aposento com uma alegre risada de coração.

Dona Poli, porém, não sofreu o contágio e apenas murmurou:

— Que eterna criança você é, Poliana...

✳ 18 ✳

AJUSTAMENTO

Os primeiros dias da vida nova em Beldingsville não foram fáceis para dona Poli nem para sua sobrinha. Foram dias de reajustamento. Não é simples passar de uma vida de viagens e constante excitação, para uma onde o cálculo do preço da manteiga ou dos ovos passa a ser tão importante. E como sempre tiveram à disposição todo o seu tempo, agora era difícil se programarem para ser mais úteis. Amigos e vizinhos apareciam de visita e, embora Poliana os recebesse com a alegria de sempre, dona Poli nunca mostrava a cara.

— Curiosidade — resmungava ela. — Querem ver como se comporta Poli Harrington na pobreza.

Do falecido esposo, dona Poli raramente falava, apesar de pensar nele o tempo todo. Sua melancolia vinha mais disso do que de qualquer outra coisa.

Jimmy Pendleton apareceu diversas vezes. Primeiramente veio com seu Pendleton, numa visita de cerimônia, quer dizer, numa visita que se tornou cerimoniosa depois que dona Poli surgiu na sala. Por algum motivo, a viúva não se recusara a aparecer naquele dia. Depois dessa vez, Jimmy veio mais com o pretexto de trazer flores e outra vez sem pretexto nenhum. Poliana recebia-o sempre com grande contentamento.

Com a maior parte de seus conhecidos, Poliana jamais conversava sobre a mudança de vida, mas teve que contar tudo para Jimmy e concluiu com:

— Se eu ao menos pudesse ganhar dinheiro!

— Seria uma vergonha! — quase gritou Jimmy.

— Eu sei. Na realidade, titia nem está tão pobre quanto fica dizendo. Mas eu queria ajudá-la mesmo assim.

Jimmy baixou a cabeça, pensativo, e depois indagou:

— O que você faria, se tivesse de trabalhar?

— Posso muito bem cuidar de uma cozinha e tomar conta de uma casa — respondeu Poliana, sorrindo. — Gosto de bater ovos com açúcar e acompanhar a marcha dos fermentos. Fico feliz no dia de assar bolos. Mas isso não rende dinheiro, a não ser na casa dos outros, e não me sinto com ânimo de ir cozinhar para estranhos.

— Pois era só o que faltava mesmo! — murmurou o moço.

Uma vez mais Jimmy fixou atentamente os olhos no rostinho tão expressivo que via diante de si, e um estranho sorriso lhe veio aos cantos da boca. E Jimmy falou, enquanto um traiçoeiro rubor lhe invadia as faces.

— Você pode também... se casar. Já pensou nisso, Poliana?

A moça deu uma risada alegre, uma risada ainda de criança, de alguém que ainda não havia apanhado no coração nenhuma seta de cupido.

— Ah, não! Eu nunca me casarei — declarou em seguida, alegremente. — Em primeiro lugar, não sou bonita, você sabe; e, em segundo, devo ficar com tia Poli para cuidar dela.

— Não é bonita, hein? — sorriu Jimmy Pendleton em tom de desafio. — Nunca admitiu que alguém pudesse ter uma opinião diferente?

Poliana sacudiu a cabeça.

— Nunca, nem posso. Tenho uma coisa chamada espelho que não me ilude.

Parecia provocação. Em qualquer outra pessoa seria pura provocação, ponderou consigo Jimmy. Mas em Poliana não era, ele reconheceu logo de cara. A sinceridade extrema e literal da criança que Poliana fora ainda vivia na moça de vinte anos.

— Por que motivo você não é bonita, Poliana?

— Porque não sou, apenas por isso — respondeu ela com uma ponta de tristeza. — Não fui feita bonita. Quando menina, vivia pensando em ir para o céu para ganhar aqueles maravilhosos cachos que via nos anjos.

— E você deseja isso até hoje?

— N... ão. Talvez não — hesitou Poliana —, mas ainda penso que gostaria. Além dos cabelos corridos, tenho as sobrancelhas muito curtas e o nariz nem grego, nem romano, ou de nenhuma das formas típicas. Apenas um nariz. E meu rosto é comprido demais ou muito curto, já nem lembro. Medi ele em Roma pelos padrões clássicos e achei todo errado. A largura do rosto deve ser igual a cinco olhos e a largura dos olhos deve ser igual a não sei o que lá, já esqueci. Só sei que não tenho nenhuma das medidas necessárias.

— Que pintura horrorosa! — exclamou Pendleton, sorrindo. E depois, com os olhos fixos no rosto da donzela: — Já se viu ao espelho quando está falando, Poliana?

— Ah, não, claro que não!

— Pois trate de se ver.

— Que ideia mais da engraçada! Imagina só eu fazer isso! Sabe o que diria a mim mesma? "Poliana, já que não tem sobrancelhas longas e que o seu nariz é apenas um nariz, deve ficar contente de ao menos ter alguma sobrancelha e algum nariz".

Jimmy riu com ela e, lembrando das suas dúvidas, disse:

— E você ainda joga… o jogo?

A moça olhou com espanto.

— Sem dúvida, Jimmy! E se não fosse o jogo, não sei como teria vivido esses últimos seis meses. Esse jogo é abençoado! — murmurou com a voz comovida.

— É que não ouvi ninguém dizer que você ainda fala dele.

Poliana mudou de cor.

— Eu sei. Confesso que tenho medo de dizer mais do que devo a estranhos que só nos interessam de longe. Além disso, não soaria hoje, que tenho vinte anos, como quando tinha onze. Compreendo isso. As pessoas não gostam de ficar ouvindo sermões. Você sabe.

— Sei, sim — concordou o rapaz, sério. — Mas às vezes eu tenho vontade de confirmar, Poliana, se você tem noção do que esse jogo na realidade é, do papel que representou para todas as pessoas que se meteram a jogá-lo.

— Eu o avalio por mim mesma, pelo que fez por mim. — E seus olhos se desviaram do rapaz.

— Dá resultados, sim, Poliana — disse Jimmy depois de um silêncio. — Alguém disse uma vez que revolucionaria o mundo, se todos jogassem. E eu acredito nisso.

— Mas ninguém quer ver o mundo revolucionado — sorriu Poliana. — Encontrei um sujeito na Alemanha, no ano passado, que havia perdido toda a sua fortuna e andava muito azarado. Nossa, como era triste! Alguém na minha presença tentou alegrá-lo, dizendo: "Mas, olha, as coisas ainda poderiam ser piores!", e, meu caro Jimmy, eu queria que você tivesse ouvido a resposta… "Se há alguma coisa no mundo que me deixa bravo", rosnou ele entre dentes, "é ouvir dizer que as coisas poderiam ser piores e que, portanto, devemos ser gratos pelo que temos. Essa gente que anda pela terra rindo só porque pode respirar, comer, andar ou dormir não vale nada. Eu não quero respirar, nem comer, nem andar e nem dormir se as coisas continuarem assim para mim. A minha vontade é de matar quem fala isso." Imagine você, Jimmy, se eu tivesse procurado ensinar o jogo do contente a esse homem! — concluiu Poliana.

— Por quê? Ninguém se beneficiaria mais do que ele. Um homem desses, com essa filosofia, claro que faz infelizes quem o rodeia, não é? Pois bem. Suponhamos que ele comece a jogar o jogo. Enquanto estiver à procura de qualquer coisa para ficar contente, no mar de desgraças em que tenha se afundado, não vai ficar rosnando e ameaçando meio mundo, então só aí já é lucro.

Poliana sorriu aprovativamente e acrescentou:

— Isso me faz pensar no que eu disse a uma pobre senhora, certa ocasião. Era uma das damas da Sociedade Beneficente lá do Oeste, e uma dessas que na realidade gosta de ser infeliz e de falar das causas da sua infelicidade. Eu tinha então dez anos e estava tentando lhe ensinar o jogo. Não consegui e, depois que descobri o motivo, declarei toda orgulhosa: "Em todo o caso, a senhora deve ficar contente de ter tantas desgraças a contar, já que gosta tanto de ser infeliz".

— Foi uma resposta bem ao pé da letra — observou Jimmy.

— Mas creio que ela não tenha gostado, assim como não gostaria o homem da Alemanha.

— Mas ambos mereciam ouvi-la, e você deveria… — foi dizendo Jimmy, mas interrompeu-se, com uma expressão esquisita no rosto. Poliana o olhou com surpresa.

— O que foi, Jimmy?

— Ah, nada. Eu estava apenas pensando... Engraçado! Devo confessar, Poliana, que estou... ou que andei com medo de que...

— Vá, Jimmy. Não pare no caminho. Entre nós deve haver plena sinceridade. Diga tudo.

— Bobagens. Não é nada.

— Estou esperando, Jimmy — insistiu a moça com calma, embora com os olhos maliciosamente exigentes.

Jimmy hesitou ainda uns instantes e depois contou:

— É que me lembrei do quanto fiquei preocupado com a possibilidade de encontrar você já moça e ainda falando do jogo do contente como fazia na infância.

Uma gargalhada alegre o interrompeu.

— Ótimo! Até você estava com medo de que eu crescesse em anos e não em espírito, que ficasse aos vinte a mesma que era aos dez! Esplêndido!

— Não, eu não quis dizer isso, Poliana. Sinceramente; mas...

Poliana, entretanto, não o deixou concluir e salvou-o da atrapalhação com outra gargalhada ainda mais alegre e feliz.

19

DUAS CARTAS

Lá pela segunda quinzena de junho, Poliana recebeu uma carta de Della Wetherby.

Escrevo para pedir um grande favor, será que a senhora conhece alguma família em Beldingsville que esteja em condições e queira receber três pensionistas durante o próximo verão? São eles minha irmã, sua secretária e o seu filho adotivo, o Jamie, lembra-se dele? Ruth não quer ir para hotel, casa ou pensão comum. Está muito cansada, e seu médico determinou que saísse para um bom repouso no campo, e sugeriu New Hampshire e Vermont, mas nós imediatamente nos lembramos de Beldingsville e de você para o pedido do doutor. Ruth já sabe que escrevi. Ela quer viajar cedo, no começo de julho, se possível. Você poderia me dizer, o quanto antes, se poderemos contar com alguma coisa aí? Minha irmã está aqui no centro de recuperação para umas poucas semanas de tratamento.

Depois de lida a carta, Poliana se concentrou em passar por todas as famílias de Beldingsville e ver qual poderia servir. De repente, deu um pulo e correu para a sala de estar.

— Titia, titia, tenho uma ideia ótima. Lembra que eu disse no dia da chegada que um talento qualquer iria se revelar dentro de mim em pouco tempo? Pois chegou o dia. Ouça. Recebi uma carta de dona Wetherby, irmã de dona Carew. Dona Carew quer passar o verão aqui e pediu que eu falasse de alguma boa família que possa receber ela, o filho adotivo e uma secretária. Não quer saber de hotel nem de casa de pensão. Andei pensando em qual família poderíamos indicar e de repente me dei conta.

— Minha cara menina — murmurou dona Chilton —, por onde anda voando essa cabecinha? Penso sempre que você tem doze anos em vez de vinte. Vamos. De que se trata?

— Da vinda de dona Carew e Jamie. Já encontrei a melhor casa para eles.

— E eu com isso, menina? — murmurou a viúva, que estava cada vez mais envelhecida e alheia ao mundo.

— Porque é aqui a casa. Vamos recebê-los aqui, titia.

— Poliana! — gritou dona Poli, esticando-se na cadeira, horrorizada.

— Por favor, titia, não diga não! — implorou a moça imediatamente. — A senhora não vê que é minha grande oportunidade? Tenho de agarrá-la pelos cabelos. Na casa há espaço de sobra, e a senhora bem sabe que posso cozinhar e cuidar de tudo e desta vez ganhando dinheiro. São três pensionistas.

— Mas, Poliana, eu não posso aceitar! Imagina, uma pensão aqui! A casa dos Harringtons transformada em albergue! Ah, Poliana, não posso admitir uma coisa dessas...

— Mas não será uma casa de pensão, titia. Será algo especial, inteiramente fora do comum. Será o mesmo que uma hospedagem de amigos ou parentes, com a diferença que os hospedados pagarão. Desse modo, ganharemos o dinheiro de que tanto estamos precisando.

Um espasmo de orgulho ferido convulsionou no rosto de Poli Chilton, que num gemido lúgubre, afundou de novo na poltrona.

— Mas como você vai fazer isso? — murmurou, com uma voz preocupada. — Como vai aguentar sozinha todo o trabalho?

— Não aguentarei sozinha — resolveu Poliana com firmeza, já certa da vitória. — Chamaremos uma das irmãs de Nancy para nos ajudar. Dona Durgin cuidará da lavagem da roupa, e pronto!

— Mas, menina, eu não estou boa, você bem sabe, e não poderia...

— Sei, sei que não poderá me ajudar, mas nem precisa. Ah, titia! Será esplêndido! Vai ser como dinheiro caindo do céu!

— Caindo do céu! Você ainda tem muita coisa a aprender deste mundo, Poliana, e uma delas é que pensionistas de verão não deixam cair dinheiro sem examinar muito bem o que recebem em troca. Você verá, você verá. Vai se matar de trabalhar e no fim se convencerá de que tenho razão.

— Verei, titia. Quero ver, quero fazer a experiência — respondeu Poliana, sorrindo toda corajosa. — Isso fica para mais tarde. Agora tenho é que responder à dona Wetherby a tempo para que Jimmy Bean leve a carta à tarde.

Dona Chilton se remexeu na poltrona.

— Poliana, você precisa se acostumar a chamar esse moço pelo nome correto. Seu nome é Pendleton.

— Verdade, titia — concordou Poliana —, mas sempre me esqueço, e até para ele próprio digo Bean. Neste momento, tenho desculpa. Estou tão animada! — E começou a dançar pela sala.

Quando Jimmy veio, às quatro horas, a carta já estava escrita, e foi ainda fervendo de empolgação que a moça contou a grande novidade.

— E, além disso, estou muito ansiosa para vê-los de novo — explicou Poliana. — Nunca mais os encontrei, depois daquele inverno que passei em Boston. Você se lembra de como eu falava de Jamie?

— Ô, se lembro — respondeu o rapaz com a ponta do antigo ressentimento se reavivando.

— E não acha que é uma maravilha que todos venham aqui?

— Não sei se será assim esplêndido...

— E que dessa maneira eu posso ajudar tia Poli, como sempre vivi querendo? Concorde, Jimmy, que é esplêndido, sim.

— Não posso concordar, porque vai ser muito trabalho para você, Poliana.

— Sim, em alguns aspectos vai ser mesmo, mas a compensação do dinheiro recebido, quanto não vale? Ficarei pensando nisso todo o tempo e o trabalho se tornará suave. Vê como estou ficando mercenária, Jimmy?

Por um longo minuto não houve resposta; no fim, o rapaz disse, um tanto abruptamente:

— Que idade tem esse Jamie agora?

Poliana respondeu com uma risada alegre:

— Ah, lembro que você nunca gostou desse nome. Não importa. Ele foi adotado e deve ter substituído o nome antigo pelo de Carew. Você poderá chamá-lo de seu Carew.

— Isso não responde à minha pergunta sobre a idade.

— Ninguém sabe a idade exata de Jamie nem ele próprio; mas deve ser mais ou menos a sua, Jimmy. Estou curiosíssima para saber como ele é agora e nessa carta faço várias perguntas a respeito disso.

— Faz, é? — E os olhos do moço desceram ao envelope ainda em sua mão, enquanto um pensamento mau lhe passava pela cabeça: rasgar, destruir aquela carta com perguntas que lhe faziam mal ao coração.

Jimmy sabia ou admitia que era ciumento, que sempre sentira ciúmes desse menino tão diferente dele próprio. E naquele momento sentiu de novo. "Não que eu esteja apaixonado por Poliana", dizia ele para si mesmo em autodefesa, "mas... mas é que não me agrada ver tal sujeito com esse nome suspeito aqui, em Beldingsville, intrometendo-se entre mim e minha amiguinha de infância e estragando meus encontros." Jimmy, entretanto, pode até ter pensado, mas não foi isso o que fez. Prova disso foi a resposta recebida dias depois, resposta que Jimmy teve de conhecer logo que voltou à casa. Antes de ler a carta de dona Wetherby, Poliana deu algumas explicações.

— Dona Wetherby — disse ela — começa contando como ficaram contentes com a minha proposta de recebê-los aqui. Isso eu pulo. São só palavras de carinho. O resto vou ler como está e, antes de mais nada, devo dizer que conto muito com você, Jimmy, para tornar a estada deles aqui a mais agradável possível.

— Como? Ah, sim, sim! — rosnou o rapaz.

— Não seja sarcástico, Jimmy. E isso tudo só porque não gosta do nome do menino — censurou Poliana, fingindo severidade. — Você vai chamá-lo de seu Carew.

— Vou, é? — rosnou ainda o moço. — Está aí uma perspectiva muito séria. Espero que essa senhora pague na mesma moeda e seja muito gentil...

— Sem dúvida. Agora, ouça. É uma carta de Della Wetherby, a enfermeira lá do meu centro de recuperação.

— Comece — disse Jimmy com um suspiro resignado, e a moça, sorrindo delicadamente, começou:

Você pediu para que eu contasse de todos. É uma tarefa complicada, mas farei o possível. Para começar, devo dizer que irá encontrar minha irmã muito mudada. O interesse que tomou pela vida, de seis anos para cá, operou maravilhas. Neste momento, está um pouco emagrecida e cansada, mas logo vai se recuperar com o descanso, vai ver como rejuvenesceu e como irradia felicidade. Tome o que digo no sentido literal! Felicidade! Só eu posso avaliar isso, pois a conheci quando estava definhando de tédio, isso antes que você passasse aquele inverno em Boston. Mudou como água para vinho.

Começou acolhendo Jamie, e quando você vir os dois juntos compreenderá o que um significa para o outro. Nada adiantamos no caminho de saber se é ele o verdadeiro Jamie ou não, mas Ruth gosta do garoto como se fosse seu próprio filho, e já é, legalmente, pois o adotou.

Depois, as moças. Lembra-se de Sadie Dean, a caixa? Assim como o interesse que minha irmã teve por ela, nasceu igual interesse por muitas outras moças na mesma condição, interesse esse que foi ficando mais intenso e levou a preciosas providências. Há hoje dezenas de moças que olham para minha irmã como para o seu anjo da guarda. Ruth criou a Casa das Moças Empregadas, sob um plano inteiramente novo. Outras pessoas ricas a ajudam, mas Ruth continua sendo a alma da instituição, doa-se inteira à obra. Recebe muito auxílio de sua secretária, Sadie Dean, que você também vai encontrar mudada, embora continue por dentro a Sadie de sempre.

E Jamie, ah, o pobre Jamie! A grande mágoa de sua vida foi saber que nunca poderá sarar. Por uns tempos teve esperanças, quando andou por aqui pelo centro de recuperação aos cuidados do doutor Ames. Melhorou, e do carrinho passou às muletas, mas ficou condenado a elas para o resto da vida. Quem conversa com ele não imagina que seja cadeirante, de tão livre e ativa que é sua alma. Não tenho como explicar; você vai entender tudo quando ele chegar aí. Jamie conserva aquele maravilhoso entusiasmo da infância e aquela esplêndida alegria de viver. Uma só coisa o atormenta: não ser o verdadeiro Jamie Kent. Ele deseja tanto ser, que acabou se convencendo de que é — mas não é, já fique você sabendo.

— Pronto! — exclamou Poliana, guardando a carta. — Estão lidas as notícias principais. Interessante, não?

— Realmente! Coitado — exclamou Jimmy com sinceridade, pensando, lá no fundo, como as boas pernas que tinha eram importantes, e não achou demais que o pobre garoto merecesse tantas atenções e cuidados de Poliana, mas apenas caso não se tornasse muito exigente.

— Coitado? Você nada sabe de Jamie, senhor Jimmy Bean — censurou Poliana. — Mas eu sei. Já fiquei um ano sem poder andar. Eu o compreendo.

A expressão dos olhos de Poliana fez Jimmy vacilar na sua aceitação de Jamie, já que ele a fazia ter um olhar tão intenso.

20

OS HÓSPEDES

Os dias que antecederam a vinda das "vândalos", como dizia dona Poli, foram, na verdade, ocupadíssimos para Poliana — e foram também dias felizes. Nancy veio ajudá-la e deixou no serviço uma irmã, Betty. A casa foi arrumada inteirinha, de modo que os hóspedes pudessem ser recebidos com o máximo de comodidade. Dona Poli não podia ver aquilo, não só por não andar bem de saúde, como porque o velho orgulho dos Harringtons não parava de consumi-la. Seus gemidos eram constantes.

— Poliana, Poliana, pensar eu que a velha casa dos Harringtons acabou nisto...

— Decaiu, titia? Agora que os Harringtons vão receber os Carews?

Dona Poli, entretanto, não se deixava vencer por esses argumentos, e, como só respondia com suspiros e gemidos, Poliana tinha de deixá-la entregue à sua dolorosa "autoconsumição".

No dia marcado, Poliana e Timóteo (que comprara os cavalos de dona Poli) foram à estação receber os hóspedes. Até aquele momento, só houvera confiança e alegria na alma de Poliana; mas quando o trem apitou, ela sentiu-se tomada de medo, de dúvida, de acanhamento. Compreendia que estava sozinha, a arcar com todo o peso da tarefa. Lembrava-se da vida extravagante de dona Carew, das suas exigências, de seu jeito de ricaça. Também ponderava se Jamie seria o mesmo. Será que tinha mudado muito? E sentiu um desejo forte de fugir, de sumir...

— Timóteo, eu... me sinto mal. Não estou boa. Eu... eu queria que eles não viessem mais — balbuciou tomada de súbito pânico.

— Dona Poliana! — exclamou Timóteo assombrado.

Um olhar para o rosto espantado de Timóteo foi o bastante para arrancá-la daquele momentâneo desmaio. Poliana riu e sacudiu a cabeça corajosamente.

— Nada, Timóteo. Estava brincando. Olhe! Lá vem o trem! — E foi para a frente sem medo, já dona de si.

Poliana reconheceu-as com facilidade já de longe e as reconheceria ainda que não visse a acompanhá-las o rapaz alto e de olhos escuros que vinha de muletas. Uns minutos de exclamações, apertos de mãos, abraços — e logo depois se acomodaram todos na carruagem, com Poliana ao lado de dona Carew, e Jamie e Sadie no assento da frente. A moça pôde, então, ver o quanto quisesse as mudanças que seis anos de diferença haviam operado em seus amigos de Boston. Dona Carew surpreendeu-a. Poliana havia esquecido que dona Carew era linda, com aqueles cílios compridos que lhe sombreavam os olhos, e sentiu passar pelo seu espírito aquele velho desejo de ser assim, de ter o rosto tão bem proporcionado e lindo.

Com Jamie... a mesma surpresa. Tornara-se um belo moço. Poliana confessou a si própria que dava prazer pôr os olhos naquele rosto tão espiritual. Olhos escuros, faces um tanto pálidas, cabelos castanhos. Ao vê-lo ao lado das muletas, Poliana sentiu um nó na garganta.

De Jamie, Poliana olhou para Sadie Dean. Sua aparência era a mesma, mas no penteado, no vestuário e no modo de conversar já não era a Sadie que encontrara no jardim público.

Quem falou primeiro foi Jamie.

— Como foi gentil de nos proporcionar isso! — disse ele. — Sabe o que pensei quando recebemos a sua carta? Na menininha do jardim público, com o saco de papel debaixo do braço, cheio de guloseimas para sir Lancelot e lady Guinevere, e imaginei que agora estava nos chamando com um saco de guloseimas, para nos deixar felizes que nem os bichinhos.

— Um saco de guloseimas! — riu Poliana.

— Sim, é isso. O saco de guloseimas é agora o ar dos campos, o leite de vaca, o ovo fresco recolhido pela manhã, e devo desde já recordar como sir Lancelot era insaciável.

— Está bem, está bem! Eu arcarei com todos os riscos — disse Poliana, rindo, contente de que dona Poli não estivesse ali para responder com um suspiro àquela perspectiva de encher o papo de um guloso. E acrescentou: — Pobre sir Lancelot! Será que alguém ainda o alimenta?

— Se ele ainda existe, é porque alguém o alimenta — interveio dona Carew com alegria. — Este menino ainda vai lá pelo menos uma vez por semana, com os bolsos cheios de amendoim e mais não sei o quê, e deixa uma trilha de grãos atrás de si. Muitas vezes, quando peço cereal para o almoço, a cozinheira responde: "Acabou, master Jamie levou tudo para os pombos".

— Sim, mas me deixe contar — interrompeu Jamie com entusiasmo, e Poliana passou a ouvir com a mesma fascinação de antigamente a história completa de um casal de esquilos num jardim cheio de sol. E compreendeu o que dona Wetherby dissera em sua carta, pois ao chegarem na casa não pôde conter um arrepio quando Jamie tomou as muletas e pediu ajuda para descer. Poliana verificara que durante todo o trajeto ele a tinha feito esquecer completamente que tinha deficiência.

Para seu grande alívio, o encontro de dona Poli com dona Carew foi muito melhor do que esperava. Os recém-chegados pareceram gostar tanto da velha casa e de tudo que havia ali, que não foi possível à proprietária manter uma atitude reprovadora. Além disso, tornara-se evidente que o encanto e magnetismo pessoal de Jamie haviam rompido a armadura de desconfiança da viúva. Poliana respirou, vendo que o pior dos problemas se resolvera sozinho: a atitude de sua tia com os hóspedes.

Apesar desse sossego, Poliana viu logo que nem tudo seria tão fácil assim. Ainda havia muito a ser feito. Betty era boazinha e comprometida, mas nem se comparava a Nancy e também não tinha os costumes da casa. Isso aumentava o trabalho de Poliana, e, em meio àquela emergência, uma cadeira mal espanada equivalia a um crime.

Gradualmente, entretanto, depois de muita insistência por parte de dona Carew e de Jamie, Poliana resolveu não se preocupar tanto com as funções da casa, pois entendeu que o crime dos crimes para os seus amigos não seria uma cadeira empoeirada, e sim uma ruga de aborrecimento em sua testa.

— Como se já não bastasse ter nos permitido vir aproveitar este encanto de lugar! — dizia Jamie. — A única coisa que poderia estragar nossa estadia seria você se desgastar de tanto trabalho para nos dar o que comer.

— Além do mais, é até perigoso que a gente coma demais — acrescentava dona Carew —, porque podemos acabar com indigestão.

Foi realmente admirável como aqueles três hóspedes se adaptaram no lugar. Antes de vinte e quatro horas, dona Carew já se entretinha com dona Poli a respeito da Casa das Empregadas, e Sadie e Jamie brigavam na cozinha, disputando a pelagem da ervilha e outras pequenas tarefas.

Os Carews já estavam lá havia uma semana quando, numa tarde, apareceram os dois Pendletons. Poliana muito desejou que essa visita fosse a primeira, e seu desejo se realizou. Ela teve a oportunidade de fazer as apresentações com muito orgulho.

— Ambos são amigos tão bons — disse apresentando Jimmy a Jamie —, que faço questão que se conheçam bem e acabem íntimos.

Poliana nem ficou surpresa que Jimmy e seu John Pendleton tenham se impressionado tanto com a beleza de dona Carew. O que a surpreendeu foi o olhar que dona Carew teve para Jimmy. Era o olhar de quem revê uma pessoa conhecida.

— Será, seu Pendleton, que não nos encontramos nunca? — perguntou dona Carew.

Jimmy arregalou os olhos interrogativamente.

— Creio que nunca, minha senhora. Eu nunca me esqueceria se a tivesse visto alguma vez.

Todos riram do cumprimento, e o velho Pendleton disse:

— Muito bem, meu filho. Muito ligeiro para um menino da sua idade. Eu não faria melhor. Dona Carew corou de leve, aderindo ao riso geral.

— Não consigo explicar — disse ela —, mas sinto que há alguma coisa de familiar nas feições deste moço. Devo tê-lo visto alguma vez, tenho certeza.

— Talvez em Boston. Jimmy esteve lá cursando o Instituto de Tecnologia, para mais tarde construir pontes e diques — explicou Poliana com os olhos postos no rapaz, ainda de pé diante de dona Carew.

Todos riram novamente, menos Jamie, e Sadie foi a única que percebeu que, em vez de acompanhar os outros, ele cerrara os olhos como se tivesse sofrido um golpe mortal. E ela interveio para mudar o curso da conversa. Depois que os visitantes se retiraram, dona Carew falou de novo sobre a impressão que o moço lhe causara.

— Já o vi, sim, vi em algum lugar — declarou. — Talvez em Boston, sem querer, mas já vi. É um lindo moço e muito distinto. Confesso que me encantou.

— Ah, fico tão satisfeita disso! — exclamou Poliana. — Sempre gostei muito de Jimmy.

— Conhece-o há muito tempo? — perguntou Jamie com voz triste.

— Conheço-o desde menino. Na época, o nome dele era Jimmy Bean.

— Jimmy Bean? Então não é filho de seu Pendleton? — perguntou dona Carew, surpresa.

— Filho adotivo, apenas.

— Adotivo! — murmurou Jamie. — É, então, como eu. — E disse isso com uma alegria impossível de disfarçar.

— Seu Pendleton não é casado e não tem nenhum filho — explicou Poliana. — Quis se casar uma vez, mas... — E interrompeu a explicação, corando. Ela não esquecia que fora sua mãe, há anos e anos, a amada daquele homem.

Dona Carew e Jamie, entretanto, que não sabiam disso, interpretaram o rosto vermelho de Poliana de outra maneira.

"Será que este jovem Pendleton é o namorado de Poliana, e os dois estão juntos desde a infância?"

Claro que não perguntaram nada em voz alta e, portanto, não obtiveram nenhuma resposta. Obviamente a interrogação ficou pairando no espírito de ambos, à espera de ser esclarecida na primeira oportunidade.

21

DIAS DE VERÃO

Antes da chegada dos Carews, Poliana dissera a Jimmy que contava muito com sua ajuda para tornar agradável no mais alto padrão possível a estadia deles em Beldingsville, e o moço não se mostrara muito interessado no assunto. Quinze dias depois de chegados, entretanto, era com o maior compromisso que Jimmy trabalhava nisso, a julgar pela sua frequência ali.

Entre Jimmy e dona Carew estabeleceu-se logo uma forte amizade, como se fossem irresistivelmente atraídos um pelo outro. Passeavam juntos constantemente e bolavam planos para a Casa das Moças, planos a serem postos em execução quando ele voltasse a Boston. Também Jamie e Sadie ocupavam muito lugar nas atenções do jovem Pendleton, sendo que a moça já era considerada como parte da família.

As amabilidades para com os Carews não partiam unicamente de Jimmy; o velho Pendleton também era cortês. Era comum que os dois aparecessem juntos nas visitas à casa. Passeios a cavalo e piqueniques aconteciam, e longas tardes eram passadas em reuniões alegres na varanda dos Harringtons.

Poliana estava encantada. Não só eram seus hóspedes tratados de modo a não sentirem nenhuma saudade de Boston, como as relações entre eles e os amigos de Beldingsville ficavam a cada dia mais fortes! Assim como uma galinha amorosa com seus pintinhos, Poliana se esforçava o dia inteiro para fazer feliz toda a sua ninhada.

Tanto os Carews como os Pendletons, entretanto, não admitiam que ela, absorvida nos trabalhos da casa, se conservasse apenas como assistente ocasional dos seus recreios; exigiam sua a presença e a obrigavam a agir como se também fosse uma hóspede.

— Como se fôssemos deixá-la metida todo o tempo nesta cozinha! — disse um dia Jamie, aparecendo de repente. — Está uma deliciosa manhã, e vamos ter nosso lanche no parque. Você vai conosco.

— Mas não posso, Jamie. Realmente não posso — declarou a moça.

— Não pode, por quê? Já que vamos comer fora, não há nenhuma refeição a preparar aqui.

— Há o lanche que vocês têm que levar.

— Errou. Já o temos preparado. E agora? Que outra desculpa você dá?

— Há o bolo que preciso fazer para o jantar...

— Dispensamos o bolo.

— Há a arrumação da casa...

— Não queremos a casa arrumada.

— Tem ainda as compras para amanhã...

— Nos contentamos com leite e bolachas. É melhor passar a bolachas e leite amanhã do que a peru, mas sem você aqui. Vamos! Vá pôr a boina. Betty já está arrumando o nosso lanche. Corra.

Mas Poliana resistia.

— Menino doido! Não posso, mesmo, Jamie. Não me puxe assim. Não posso ir. Não...

Mas foi. E não só a esse, mas a quantos outros se realizaram. Impossível resistir, visto como além de Jamie havia dona Carew, Sadie e os dois Pendletons a pedirem a mesma coisa.

— E, no entanto, fico satisfeita de ir — dizia ela no meio de suas resistências. — Que dona de casa seria eu! Largar o serviço e me meter na festa com os hóspedes! Já se viu?

O clímax veio um dia em que John Pendleton teve a ideia de um acampamento a sessenta e quatro quilômetros de Beldingsville, num lago entre montanhas.

A sugestão foi recebida com palmas de todos, menos de tia Poli. A viúva declarou a Poliana que achava muito bom que seu John Pendleton procurasse sair daquela vida rabugenta em que sempre vivera, mas que já estava exagerando, pois não era tão moço como Jimmy. Disse isso para Poliana. Para os outros, ao ser convidada, declarou que não achava boa ideia se meter em tais aventuras, a dormir em barracas na relva úmida, tudo por amor pela diversão — nem considerava que ficasse bem para pessoas de mais de quarenta anos.

Se seu Pendleton percebeu a indireta, ninguém o soube, visto que não demonstrou. Continuou com o mesmo entusiasmo e fez a sua ideia vencedora; já que dona Poli não queria ir, não queria dizer que os demais não deveriam ir também.

— Dona Carew será a companhia de todos nós — gritou Jimmy alegremente.

Durante uma semana só se cuidou de tendas, dos suprimentos, das câmeras e varas de pesca, os preparativos para a excursão ao lago.

— E temos de fazer a coisa à moda antiga — propôs Jimmy. — Nada de comer em mesas de madeira. Terá que ser no chão, ao pé de fogueiras, cada um assando nas cinzas as suas batatas e suas espigas de milho, enquanto se contam histórias.

— Eu quero remar, nadar, pescar! — gritava Poliana. — E também... — Mas deteve-se, com olhos em Jamie, e corrigiu-se: — Mas só um bocadinho, lá de vez em quando. Há muitas outras coisas menos agitadas que também quero fazer, como ler e ouvir histórias.

Pelos olhos de Jamie passou uma nuvem; seus lábios entreabriram-se, mas antes que alguma palavra fosse pronunciada, Sadie Dean interveio.

— Nos piqueniques e excursões como esta temos que realizar façanhas — disse a moça precipitadamente —, e estou certa de que vamos tê-las. No último verão, fizemos um acampamento no Maine e queria que vocês vissem o peixe que seu Carew pescou. Era... Conte a história do peixe, Jamie.

Jamie riu e meneou a cabeça.

— Ninguém acreditará — disse ele. — Ninguém acredita em história de peixe.

— Conte assim mesmo — pediu Poliana.

Jamie tentou, mas o vermelho já voltara às suas faces, e a nuvem desaparecera dos seus olhos. Poliana lançou uma olhadela para Sadie Dean, vagamente querendo saber por que a moça havia voltado para o lugar com um ar de alívio tão visível.

O dia marcado chegou finalmente, e todos partiram no novo carro de passeio de seu Pendleton, que Jimmy ia guiando. Com uma gritaria de adeuses e um prolongado fon-fon, os aventureiros lá se foram.

Já passava de quatro horas quando o carro atingiu o lugar escolhido, depois de um trajeto esburacadíssimo por estradas nunca percorridas por um carro daqueles. Tudo era divertido. Cada buraco, cada solavanco, cada derrapagem era motivo para uma festa de gritos e comemoração, que iam alternando com as exclamações de êxtase diante de cada mudança de paisagem.

O acampamento era já há anos conhecido por seu John Pendleton, que o saudou com alegria.

— Lindo! Sempre achei maravilhosamente lindo este recanto, mas devo confessar que tinha meus receios. Esses lugares mudam muito. Está mais cheio de mato agora, e teremos que abrir uma clareira.

Todos puseram-se à obra, abatendo o mato, fincando as estacadas das tendas, descarregando bagagem e provisões, arranjando a "cozinha e a copa".

Foi quando Poliana começou a observar Jamie. Compreendeu subitamente que um chão desnivelado como aquele e redes para dormir não eram coisas próprias para um moço que só se locomovia com a ajuda de muletas. Viu também que, apesar da sua enfermidade, Jamie procurava participar de tudo. Duas vezes tentou ajudá-lo, ao vê-lo querer carregar umas caixas.

— Espere, deixe que eu levo — dissera a moça. — Você já trabalhou muito. Pode descansar um pouco, Jamie.

Se houvesse prestado mais atenção, Poliana teria notado no rosto do rapaz o mau efeito de tais palavras; mas não percebeu nada. O que notou, e com intensa surpresa, foi que Sadie Dean momentos depois chegava com uma braçada de embrulhos e gritava para o moço: "Faça o favor, seu Carew, de me dar uma ajuda aqui!". Jamie acudiu, atencioso, e se atrapalhou para carregar pacotes ao mesmo tempo que as muletas.

Poliana quis protestar e se virou para Sadie; a moça levou um dedo à boca em sinal de silêncio. Logo depois cochichou para Poliana:

— Eu sei que você não pensou no que disse. Mas perceba que ele se choca de ser considerado incapaz de fazer o que os outros fazem. Veja, agora que está carregando pacotes! Veja que ar feliz!

Poliana concordou. Viu que Jamie se mostrava alerta e todo orgulhoso de dar conta do encargo, o que fez, afinal, entregando os pacotes a quem os recebia com estas palavras de vitória:

— Aqui está mais uma contribuição de dona Dean. Ela me pediu que a ajudasse.

— Compreendo agora — foi dizendo Poliana para Sadie, mas a moça já se afastara.

Poliana ficou disfarçadamente espiando Jamie ainda algum tempo, e por duas vezes seu coração doeu. Por duas vezes o viu tentar, sem sucesso, o transporte de um engradado com uma mesa de dobrar, e percebeu que ele corria os olhos em torno para verificar se seu insucesso fora notado. Viu também que o moço ia ficando cada vez mais pálido, com visível ar de canseira, apesar do ar de riso dos lábios. Era como se qualquer coisa doesse.

— Erramos — murmurou Poliana para si mesma com os olhos já úmidos. — Erramos em deixá-lo vir a um lugar desses. Acampamento. Metido num acampamento, de muletas! Por que não fui pensar nisso antes da partida?

Uma hora depois, já acomodada ao pé da fogueira para a refeição, Poliana teve a resposta à sua pergunta. Ali sentado e, portanto, confortável, Jamie enfeitiçava a todos de tal modo, que ninguém se lembrava das suas muletas.

22
COMPANHEIROS

Foi uma festa deliciosa, graças à gentileza dos seis excursionistas. As brincadeiras não tinham fim, e era crescente o encanto que seus companheiros sabiam dar a tudo. Uma noite em que estavam sentados ao redor da fogueira, Jamie disse:

— Interessante! Estamos nos conhecendo muito melhor aqui no campo, numa semana, do que num ano inteiro na cidade.

— Pois é — concordou dona Carew. — Estou percebendo a mesma coisa. — E seus olhos pararam absortos no movimento das chamas.

— Deve ser alguma coisa no ar — sugeriu Poliana. — Alguma coisa do céu, do lago, das árvores. Alguma coisa que...

— Que nos separa do mundo — concluiu Sadie Dean, com uma leve emoção na voz. — Tudo aqui é tão real, tão verdadeiro, que nos força a sermos também reais e verdadeiros com nós mesmos. Não há "o que o mundo dirá".

— Ah! — exclamou Jimmy alegremente. — Isso me soa lindo, mas o verdadeiro motivo me parece ser não termos aqui dona Tom ou dona Dick ou dona Harry nas suas janelas, espiando e comentando cada um dos nossos movimentos e arquitetando hipóteses sobre os nossos atos: para onde vamos, de onde viemos, quanto tempo iremos demorar etc.

— Jimmy — censurou Poliana, rindo. — Você está cruelmente matando a poesia das coisas!

— E da minha futura profissão — respondeu ele. — Como irei construir pontes e diques sem destruir a poesia das quedas-d'água e dos rios?

— Realmente, Pendleton, no mundo são a ponte e o dique que contam... — observou Jamie com voz melancólica, o que fez Sadie Dean romper o seu silêncio com uma alegre intervenção.

— Poxa! Por mim, seria muito melhor que o rio ficasse como a natureza o fez, sem nenhuma ponte quebrando a harmonia e estragando a vista.

Todos riram alegremente. Em seguida, dona Carew se levantou.

— Vamos, criançada, é hora de ir para a cama — disse, fingindo severidade de monitor. E, com protestos de brincadeira, a turma se dissolveu e cada um tratou de se recolher.

E foi assim que os dias se passaram; dias admiráveis para Poliana e todos os outros, graças à amizade crescente, destacada em cada um conforme o temperamento, mas para todos igualmente proveitosa.

Com Sadie Dean, Poliana conversava muito sobre a Casa das Moças e o trabalho que dona Carew estava desenvolvendo. Sadie também recordava os tempos em que vendia laços no balcão e contava da volta de seus pais a Boston e de como pôde dar uma situação melhor para eles.

— E tudo por causa de você, Poliana — concluiu, em certo ponto. Mas a moça tirou logo de si todo o mérito.

— Bobagem. Tudo por causa de dona Carew, isso, sim.

Com ela também Poliana muito conversava sobre a Casa das Moças. Numa das vezes, dona Carew falou de si e de como tudo mudara em sua vida, repetindo a frase de Sadie: "E tudo por causa de você, Poliana!". Esta, porém, tirou de si o mérito e o atribuiu a Jamie.

— Jamie é um encanto — concordou dona Carew com ternura —, e eu o amo como se fosse meu filho. Quero-o como iria querer o outro, o desaparecido, e quem me trouxe Jamie foi você, Poliana...

— A senhora tem mesmo certeza de que ele não é ele?

— Certeza absoluta, não. Nada de conclusivo. Às vezes penso que é, mas logo me vem a dúvida. Ele, penso, está convencido de que é. Há bom sangue em suas veias. Jamie absolutamente não é um filho das ruas. E que talento, que capacidade para aprender possui!

— Já que a senhora gosta tanto assim de Jamie, é indiferente que seja ou não seja o real, não acha?

Dona Carew hesitou em responder. Em seus olhos surgiu a velha sombra indicativa do peso no coração.

— Não no que diz respeito a ele — suspirou por fim. — Mas acontece que às vezes me ponho a pensar que, se Jamie não é o verdadeiro Jamie Kent, este deve estar por aí à própria sorte, desamparado, e isso me tortura. Com quem está? Abandonado? Atirado na miséria? Quanta coisa possível, Poliana, e você compreende como isso me destrói. A incerteza rói meu coração.

Poliana muitas vezes recordou essa conversa quando estava com Jamie e via como ele tinha certeza de que era Jamie Kent.

— Eu sinto que sou Jamie Kent — dizia ele. — Pelo menos é o que eu sinto, ou venho sentindo por tanto tempo que já não consigo admitir e nem aguentar o contrário. Dona Carew tem feito tanto por mim que não consigo me imaginar não sendo o seu verdadeiro Jamie.

— Ela adora você!

— Eu sei. Ela quer que eu seja o verdadeiro Jamie, eu sei. E como eu queria pagar toda essa dedicação! Como desejo que ela se sinta orgulhosa de mim, seja lá por qual motivo! Se eu pudesse ao menos ganhar a minha vida, como todos os homens... Mas o que fazer, com isso ao lado? — E apontou para as muletas.

Poliana sentiu-se tocada no coração. Era a primeira vez que o via falar da sua deficiência desde os tempos do jardim, e estava pensando em uma palavra justa com que responder, quando notou uma mudança na expressão do seu rosto.

— Esqueça isso, Poliana — gritou o moço alegremente. — É um pensamento perfeito contra o nosso jogo, não é? Devo ficar muito contente pelas minhas muletas, porque são melhores que o carrinho, não é assim?

— E o Jolly Book, ainda o tem, Jamie?

— Mas é claro. E são muitos volumes agora, lindamente encadernados, exceto um, o primeiro. Este continua como nasceu, um simples caderno de Jerry.

— Jerry! Andava querendo que me falasse dele. Por onde anda Jerry?

— Sempre em Boston e com um vocabulário cada vez pior. Continua no negócio de jornais, mas agora caça notícias para eles, não os vende. É repórter. Pude ajudá-lo, e também a Mumsey. Imagine como fiquei contente! Mumsey está num centro de recuperação por causa do reumatismo.

— E melhorou?

— Muito. Já sai frequentemente para cuidar do apartamento de Jerry. Ele foi um pouco para a escola nesses últimos anos. Aceitou receber minha ajuda, mas sob forma de empréstimo. É muito orgulhoso em assuntos de dinheiro.

— Ótimo que assim seja — disse Poliana. — Mostra o seu bom caráter. Jerry fará carreira, estou certa. E vai cumprir suas obrigações. Eu também desejo cumprir as minhas para com tia Poli, que tanto fez por mim.

— E já está cumprindo, Poliana.

A moça riu.

— Sim, estou "explorando" pensionistas. Tenho jeito para isso, Jamie? Creio que nunca houve uma "hoteleira" assim como eu — disse, correndo os olhos em torno. — Tia Poli... Queria que você tivesse ouvido o que ela falou sobre as exigências dos pensionistas de verão...

— Quais eram?

Poliana fez que não com a cabeça.

— Impossível dizer, Jamie. Segredo. Mas... — E parou, suspirando, com uma sombra de tristeza nos olhos. Em seguida: — Que pena que isso não dure para sempre, Jamie! Pensionistas de verão vêm e vão. Tenho de procurar outro serviço no resto do ano. Sabe? Estou pensando em escrever, escrever romances...

Jamie se virou de repente.

— Como é que é?

— Escrever romances e vendê-los. Que susto é esse? Tanta gente faz! Na Alemanha, conheci duas moças da minha idade que eram autoras.

— Você já tentou, Poliana?

— Ainda não — admitiu ela. — Agora estou muito ocupada com os meus hóspedes. Depois que a casa ficar vazia, vou começar. Impossível fazer as duas coisas a um tempo.

E vendo uma certa expressão difícil no rosto de Jamie:

— Acha que não sou capaz?

— Nem me passou pela cabeça semelhante coisa.

— Então para que essa cara? Não vejo nada que me impeça. Escrever não é como cantar, que exige qualidades de garganta. Não é como música, que exige prática de certos instrumentos que não toco.

— Sim, é um pouco assim — murmurou Jamie com os olhos distantes.

— Explique-se, Jamie. Não estou entendendo.

Houve um silêncio; depois veio a resposta numa voz comovida.

— O instrumento que você toca, Poliana, chama-se o coração das pessoas — disse ele —, e para mim me parece que não há instrumento mais maravilhoso. Sob os seus dedos, Poliana, esse instrumento sabe dar vida às mais prodigiosas músicas, músicas de lágrimas ou de sorrisos, como você queira.

A moça não susteve um suspiro trêmulo. Seus olhos umedeceram.

— Jamie, como põe você poesia e encanto em tudo que diz! Eu nunca havia pensado nisso. Mas é assim, não é? Ah, como gosto que seja assim! Vou escrever histórias como as que vejo nas revistas. Quando as leio, sinto-me capaz de escrevê-las. Gosto de contar. Vivo contando as que você me contou e rio e choro, assim como ria e chorava quando as ouvi pela primeira vez.

Jamie se virou vivamente.

— É mesmo, Poliana? Já a fiz rir e chorar?

— Claro que sim, Jamie. No jardim, não se lembra? Ninguém conta histórias como você, meu amigo! O escritor devia ser você, não eu. E escute! Por que não começa? Está aí o seu verdadeiro caminho.

Não houve resposta. Jamie parecia não ouvir, como se estivesse absorvido num animalzinho que fazia mexer o mato próximo. Não era somente com Jamie, dona Carew ou Sadie que Poliana tinha longas conversas. Também ia a fundo com Jimmy e o velho Pendleton.

A moça admitia que só agora ficara conhecendo a fundo a alma daquele velho. A sua antiga solidão desaparecera por completo, substituída por um entusiasmo juvenil que se emparelhava com o de Jimmy. Ali, ao redor das tendas, não havia como distinguir um do outro.

— Uma vez, no "deserto do Sára", como dizia Nancy — começava Poliana ao juntar-se ao grupo reunido para história, e seu Pendleton tinha que continuar contando um episódio qualquer das suas viagens à África.

Mas melhor do que aquilo era quando seu Pendleton, num passeio sozinho com ela, confidenciava sobre o amor que tivera por sua mãe na juventude. Semelhantes confidências, além da surpresa que constituíam para Poliana, davam-lhe uma estranha alegria, por serem confissões de primeira mão, as primeiras saídas do íntimo daquele homem sempre tão reservado. Talvez o próprio Pendleton se sentisse surpreso, pois em certa ocasião caiu em si.

— Estou espantado de ficar dizendo essas coisas, menina...

— Ah, mas como gosto de ouvi-las — respondeu a moça.

— Sim, eu sei, mas nunca imaginei que fosse chegar a este ponto. Talvez seja porque você é igualzinha a ela, como a conheci. Sabia, Poliana, que é igualzinha à sua mãe?

— É mesmo? Sempre ouvi dizer que minha mãe era "linda"! — exclamou a moça admirada.

Seu Pendleton sorriu maliciosamente.

— Era linda, sim...

— Então, como posso me parecer com ela?

O velho morreu de rir.

— Poliana, se outra pessoa me dissesse isso, eu responderia que... Não importa o que eu responderia. Você é uma feiticeira, sabe? E não é feia, sabe?

A moça olhou-o nos olhos brincalhões com expressão queixosa.

— Não me judie com esse olhar, seu Pendleton. Eu gostaria muito de ser linda, por mais tolo que pareça ouvir isso de mim... Mas tenho um espelho no meu quarto e sei...

— Pois se tem um espelho, deve consultá-lo quando estiver falando — observou o velho sentenciosamente.

Poliana arregalou os olhos.

— Engraçado! Jimmy me disse a mesma coisa.

— Disse? Que patife! — falou seu Pendleton, e com uma das suas súbitas mudanças de tom acrescentou: — Você tem o mesmo sorriso e os mesmos olhos de sua mãe, e para mim é tão linda como ela foi.

Poliana se calou, com os olhos turvos de lágrimas.

Deliciosas como eram essas conversas, não se comparavam, entretanto, com as que Poliana tinha com Jimmy. Com ele não era preciso conversar para que ela se sentisse feliz. Jimmy a compreendia em tudo, sem necessidade de palavras. Jimmy era forte, sólido, feliz, cheio de saúde e força. Com ele não havia nada de amargores por causa de um sobrinho perdido ou confidências por causa de um amor não correspondido. Com Jimmy era a felicidade plena, absoluta, sem nuvens. Como era repousante estar com ele!

23

PENDURADO ENTRE DOIS PAUS

Foi no último dia da excursão que o desastre aconteceu, para grande dor de Poliana. Era a primeira nuvem que turvava aquele céu de felicidade que já vinha durando quase duas semanas. Daí veio sua reclamação: "Se tivéssemos voltado para casa ontem, nada teria acontecido".

De manhã bem cedo todos haviam partido num passeio de três quilômetros rumo ao sítio que chamavam de Basin.

— Precisamos ter mais um jantar de peixe antes de voltarmos — havia dito Jimmy, e todos concordaram.

Preparados o lanche e as varas de pesca, partiram alegremente, tagarelando pelo caminho: uma trilha pela floresta que Jimmy abrira. Ele puxava a fila. A seguir vinha Poliana, que foi se atrasando até ficar ao lado Jamie, que era o último. Ao se encontrarem, Poliana leu no rosto dele todos os sinais de cansaço, mas já estava bem-instruída e de nenhum modo demonstrou sua impressão. Deliberou socorrê-lo e pôs-se a estudar o jeito. E conseguiu. Conseguiu desviá-lo da trilha e encaminhá-lo para um velho muro que separava a floresta das pastagens de uma fazenda cuja casa aparecia ao longe. O campo estava tão pintado de botões, que Poliana se viu tentada a formar um buquê.

— Espere, Jamie — exclamou ela com vivacidade. — Vou formar um lindo buquê para enfeitar a nossa mesa.

E, pulando pelas pedras salientes do muro, saltou para o outro lado.

Era a estação própria da florescência dos botões-de-ouro, de modo que ela saiu para colhê-los e acabou se afastando cada vez para mais e mais longe. De repente, ressoou perto um mugido de touro. E um animal furioso apareceu, correndo. Poliana deu um grito apavorado: Jamie!

O que aconteceu nos próximos segundos nunca ficou bem claro. Poliana se lembrava de ter jogado fora as flores e corrido — corrido como jamais correra na vida e como jamais imaginara que conseguia correr. E à medida que corria sentia que o trotar da fera atrás de si ficava mais forte. O touro ganhava terreno. Longe, à sua frente, estava Jamie. Poliana pôde perceber a agonia que se estampava em seu rosto e os gritos de apelo que o pobre rapaz dava. De repente, uma nova voz, vinda não sabia ela de onde, ecoou: a voz de Jimmy, animadora e cheia de coragem.

Poliana continuou a correr, sempre atropelada pelo touro. Tropeçou e quase caiu. E se sentia já no fim, exausta de forças, quando alguém a amparou, foi agarrada e erguida do chão. A corrida prosseguiu, mas já não era ela quem corria, alguém corria por ela. O touro atrás bufava cada vez mais próximo. Tudo se tornou difuso, como que distante. Ao voltar a si, encontrou-se do outro lado do muro em ruínas, com Jimmy recurvo sobre seu rosto, a perguntar se não estava morta.

Com uma risada nervosa, misturada com soluços, Poliana desvencilhou-se de suas mãos e se levantou.

— Morta? Ainda não. Obrigada, Jimmy. Não me aconteceu nada. Só um susto. Ah, como fiquei contente quando ouvi sua voz, Jimmy! Como foi que me viu?

A resposta que o moço ia dando foi cortada por um gemido próximo. Voltaram-se os dois e viram Jamie caído na terra. A moça correu em sua direção.

— Jamie, Jamie, o que foi? Jamie? Um tombo? Você se machucou?

Não houve resposta.

— O que foi, Jamie? Você se machucou? — perguntou também Jimmy, que se aproximara.

Nenhuma resposta ainda. Mas Jamie se sentou na relva e os encarou. Tinha as feições transformadas.

— Ferido? — soluçou ele convulsivamente. — E por acaso há ferimento maior do que assistir a uma coisa dessas sem poder fazer nada? Será que há algo que se possa comparar ao desespero de viver amarrado a dois pedaços de pau? Ah, não queiram saber o que isso significa.

— Mas, Jamie... — balbuciou Poliana.

— Não diga nada — gritou Jamie quase áspero, enquanto se erguia de pé. — Não diga nada. Não estou fazendo cena — concluiu, ajeitando-se nas muletas e pondo-se a mancar rumo ao acampamento.

Por uns minutos, perplexos, os dois ficaram seguindo-o com os olhos.

— Não há dúvida — exclamou Jimmy emocionado. — A experiência foi duríssima para ele.

— Tudo por culpa minha, Jimmy. Sem querer, elogiei você na presença de Jamie — soluçou Poliana. — Suas mãos, você viu? Estavam sangrando; as unhas se cravaram na carne...

— E sem mais palavras também foram ao acampamento.

— Para onde você vai, Poliana? — gritou o moço.

— Consolar Jamie, está claro. Pensou que eu o deixaria abandonado nessa situação? Venha comigo. Vamos fazê-lo voltar.

Jimmy acompanhou-a, suspirando.

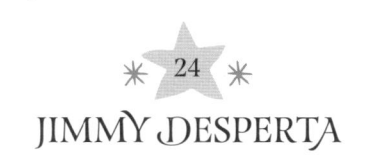

✸ 24 ✸

JIMMY DESPERTA

Aquela excursão foi aclamada como uma brilhantíssima vitória da alegria de viver, mas... Poliana ficou indecisa se era consigo só ou com todos que estava acontecendo aquilo, aquela coisa que sentia, aquele constrangimento, e o atribuiu a dois fatos: ao fim da festa e ao incidente do touro.

Depois que se reuniram ao pobre Jamie, houve um longo debate, no fim do qual Jamie concordou em voltar à pescaria. Entretanto, apesar do esforço de todos para manter o tom de alegria do começo, já não foi possível remediar o mal. O passeio estava estragado. Poliana, Jimmy e Jamie exageravam para parecerem felizes, mas um bom observador notaria o nervoso daquele esforço. O desastroso acidente estragara tudo, e até o jantar de peixe acabou sendo ruim. Em seguida, começaram os preparativos para a volta.

Em casa, Poliana esperou que o caso do touro fosse logo esquecido; mas não conseguira tirá-lo da cabeça e não podia exigir que os outros fizessem o mesmo. Era impossível olhar para Jamie sem lembrar o ocorrido em todas as suas minúcias. A expressão de terrível agonia do seu rosto, as mãos sangrando...

Jamie nunca se referia ao incidente do touro e até se mostrava mais animado do que o normal. Chegava a evitar os outros, e era com suspiros que via Poliana se afastar, quando alguém a chamava. Seu desejo era estar sempre só com ela. E uma tarde em que ao lado da moça assistia a uma partida de tênis, confidenciou:

— Não há ninguém que me compreenda tão bem como você, Poliana.

— Compreenda? — repetiu a moça sem alcançar a extensão do pensamento do rapaz.

Isso foi depois de estarem vendo o jogo por uns dez minutos sem a troca de uma só palavra.

— Sim — disse Jamie. — E você me compreende tão a fundo porque já esteve um ano todo sem poder andar, e sabe...

— Sim, sim, eu sei — balbuciou a moça e imediatamente percebeu que havia mostrado no rosto o que havia em sua alma, porque Jamie mudou de assunto, exclamando alegre:

— Por que motivo não mais me aconselha a jogar o jogo do contente, Poliana? Eu jogaria, se nossas posições estivessem trocadas. Esqueça tudo, Poliana. Fui um desastrado causando a você o mal que causei.

Poliana protestou que não, que ele não lhe causara mal algum, e para dar tom de verdade às suas palavras, passou a suavizar as angústias secretas do pobre moço. Aqueles indefiníveis constrangimentos não torturavam Poliana apenas; Jimmy também os conhecia.

Jimmy não estava feliz nos últimos tempos. A amizade cada dia mais acentuada entre Poliana e Jamie inquietava-o demais. Já se certificara de que o que sentia pela velha amiga de infância era pura e simplesmente amor. Seus projetos de futuro, suas grandes pontes e seus diques monumentais pesavam menos que uma palavra ou um olhar de Poliana. A maior ponte que para Jimmy poderia haver no mundo seria a que transpusesse o abismo aberto diante de si — o abismo da dúvida quanto às preferências da mulher que amava. Quem Poliana amaria? — ele ou Jamie?

Só no dia em que a viu em perigo de vida, atacada pelo touro, é que compreendeu o que seria o mundo sem aquela moça. A bravura com que se atirou em sua defesa deixou isso bem a entender. Depois, segurou-a por alguns momentos semidesmaiada em seus braços e a sensação foi de êxtase e suprema felicidade. E depois... aquela visão horrível: Jamie, com o rosto desfigurado e mãos em sangue. O que poderia significar aquele transtorno de feições senão amor? E Jimmy sentia que se estivesse em seu lugar, impotente, pendurado em dois pedaços de pau e vendo um outro acudir sua amada, o desespero de sua alma seria o mesmo.

Naquele dia, Jimmy voltara ao acampamento com a cabeça a estourar de ansiedade e revolta. Ansiedade e medo de que Poliana gostasse de Jamie, o que o obrigaria a se afastar para sempre. E ao admitir essa hipótese vinha a revolta. Jimmy se debatia com o rosto vermelho. Se apenas pudesse apagar da memória a expressão dos olhos de Jamie, quando gemeu, num momento de agonia, aquele "pendurado em dois paus"! Como também sabia que a sua decisão final dependia do que acontecesse dali em diante. Ele daria a Jamie uma chance. Se Poliana se decidisse por Jamie, paciência. Sobrariam as pontes, iria construir diques, embora ponte nenhuma nem que fosse da terra à lua, pudesse valer um sorriso da sua adorada Poliana. Mas era isso o que faria. Seria forçado a agir assim. E foi sob a impressão dessa decisão heroica que dormiu aquela noite.

Os grandes desprendimentos, porém, mudam muito quando passam da teoria à prática. Era muito fácil tomar atitudes no silêncio de um quarto. Muito fácil admitir que Jamie tinha direito a uma chance. Mas vê-los juntos de novo no dia seguinte mudava tudo. A atitude da moça perante Jamie o entristecia. Foi quando teve uma conversa decisiva com Sadie Dean.

Estavam no campo de tênis. Sadie sentara-se afastada dos outros, e Jimmy fora falar com ela.

— Você vai ser a parceira de Poliana no próximo jogo? — perguntou ele.

— Poliana desistiu de jogar — respondeu Sadie.

— Desistiu? Por quê? — E Jimmy franziu a testa.

Sadie não respondeu na hora e foi com esforço que disse:

— Poliana declarou noite passada que estávamos jogando tênis demais; que isso não era bom, visto como seu Carew não pode participar desse esporte.

— Hum! — exclamou Jimmy, franzindo ainda mais a testa, enquanto Sadie acrescentava:

— Seu Carew, porém, protestou. Não quer que ninguém mude de vida por sua causa. Fica ofendido com isso, mas Poliana parece não compreender. Eu sei bem como é...

O tom com que a moça disse aquilo impressionou Jimmy, fazendo-o perguntar, depois de alguma hesitação:

— Dona Dean, a senhora acha que há algum interesse... algum interesse "especial" de um para outro?

Sadie olhou-o com espanto e ironia.

— O senhor não tem olhos, não? Poliana o adora. Eles se adoram, não vê?

Jimmy se afastou rapidamente. Não podia ficar ali mais um instante e não tinha ânimo de trocar uma só palavra com Sadie Dean. Afastou-se tão abruptamente que nem pôde notar a perturbação da moça.

Cem vezes repetiu Jimmy a si próprio que era uma tolice o que Sadie dissera. Mas, tolice ou não, era impossível esquecer aquelas palavras — palavras que iam colorir todos os seus pensamentos dali em diante. Jimmy começou a espiar Poliana e Jamie disfarçadamente, a prestar atenção no tom de voz com que se falavam e acabou convencendo-se de que Sadie tinha toda a razão. Poliana jamais seria sua...

Os dias de Jimmy desse momento em diante foram muito inquietos. Afastar-se inteiramente da casa dos Harringtons não lhe convinha, pois despertaria suspeitas; e deixar de visitar Poliana seria uma tortura indescritível. Também não tinha nenhum interesse nem ânimo de conversar com Jamie. Restava dona Carew. Só com ela podia ainda encontrar interesse, porque só ela sabia aceitá-lo em qualquer estado de espírito em que se apresentasse. Como era fina e simpática! Para tudo encontrava sempre a palavra exata, o pensamento justo. Num desses momentos de expansão, Jimmy quase contou um caso de infância que sempre guardara consigo. Mas fora interrompido pelo velho Pendleton, um especialista em interrupções.

Esse caso do envelope acontecera na infância de Jimmy, e só seu John Pendleton o conhecia. Tratava-se de um envelope grande, amarelado pelos anos e selado com um misterioso selo de lacre. Recebera-o do pai pouco antes de morrer. Na parte de fora, havia estas instruções: "Ao meu filho Jimmy, para ser aberto quando completar trinta anos, exceto em caso de morte".

Jimmy já passara muito tempo preocupado com o conteúdo daquele misterioso envelope, mas acabara se esquecendo de sua existência. No tempo que passara no orfanato, o seu maior medo era de que alguém roubasse seu tesouro, e por isso o trazia sempre junto consigo, dentro do forro do casaco. Depois que entrou para a casa de seu Pendleton, por sugestão do velho, o guardou em um cofre.

— Aqui está onde deve estar — dissera seu Pendleton —, já que é objeto de valor. Seu pai fez tanto empenho neste envelope que você não pode correr o risco de perdê-lo.

— Não o perderei — respondera o menino —, mas não creio que haja nada de valor dentro. Meu pobre pai, coitado, não tinha nada...

Era sobre este envelope que Jimmy ia conversar com dona Carew quando seu Pendleton inoportunamente os interrompeu.

"Talvez fosse de propósito", ponderou Jimmy na cama, naquela noite. "Talvez seu Pendleton tivesse medo de que no envelope houvesse alguma revelação nada positiva para mim e queria impedir que dona Carew viesse a suspeitar mal de meu pai..."

25
O JOGO DE POLIANA

Lá por meados de setembro, os Carews e Sadie Dean resolveram voltar para Boston e, apesar da imensa falta que iria sentir dos hóspedes, Poliana suspirou de alívio ao ver o trem se afastar da estação.

Os dias que se seguiram foram calmos — porém sem Jimmy. O moço raramente aparecia na casa e quando o fazia não dava a impressão de ser o mesmo. Estava sempre rabugento e calado ou então inquieto e visivelmente nervoso. Logo depois chegou o tempo de sua partida para Boston.

Poliana então se surpreendeu ao perceber a falta que sentia de Jimmy. Saber que estava na cidade e que de um momento para o outro poderia vê-lo era um consolo; mas saber que estava tão longe, lá em Boston, mortificava-a. Mesmo com aquela estranheza e o mau humor em certos momentos, alternados com a inquietação de outros, era melhor do que o terrível vazio da ausência. Um dia, Poliana finalmente entendeu tudo, e isso a deixou vermelha como uma papoula.

— Poliana, Poliana Whittier — murmurou ela consigo mesma —, tudo me leva a crer que a senhora está amando o senhor Jimmy Bean Pendleton! Que história é essa de não pensar em outra coisa senão nele?

E Poliana decidiu tudo fazer para ficar alegre e afastar Jimmy Bean Pendleton do pensamento. Sua tia veio ajudá-la na difícil tarefa.

Com a partida dos hóspedes cessara a fonte de renda, de modo que dona Poli voltou a se aborrecer e reclamar de seu estado financeiro.

— Realmente não sei, Poliana, o que vai ser da nossa vida agora — gemia ela constantemente. — Temos com que passar uns meses, e também recebi um pouco das velhas rendas, mas e depois? Se pudéssemos inventar um meio de fazer algum dinheiro...

Foi após uma dessas lamúrias que os olhos de Poliana caíram no anúncio de um concurso de contos. Negócio tentador. Prêmios altos e numerosos, e as condições estabelecidas estimulavam a tentação, dando a ideia de que não havia nada mais fácil no mundo do que vencer o tal concurso. Havia ainda um tópico que parecia visá-la diretamente.

"Isto é para você, leitor", dizia o anúncio, "mesmo que nunca tenha escrito nada. Há alguma coisa o impedindo de entrar no mundo das histórias? Tente! Não gostaria de ganhar três mil dólares? Dois mil? Mil? Pois vá em frente."

— Achei, achei! — gritou Poliana, batendo palmas. — Tenho aqui uma verdadeira mina. Vamos ver o que diz tia Poli.

E correu até o quarto da viúva.

No meio do caminho, porém, parou, indecisa.

— Não. O melhor é não dizer nada por enquanto. Ah, imagina se eu consigo o primeiro prêmio!

Poliana foi dormir aquela noite com a cabeça fervendo de planos para a conquista dos três mil dólares.

No dia seguinte, pôs as mãos à obra, isto é, amontoou papel, fez ponta numa dúzia de lápis e se sentou na velha escrivaninha dos Harringtons. Ergueu os olhos para o teto com a ponta de um lápis na boca e depois de vacilar um pouco escreveu três palavras. Deteve-se; suspirou, abandonou o primeiro lápis e tomou outro, verde. Olhou de novo para o teto e:

— Não sei como os escritores descobrem títulos tão bons! — murmurou desanimada. — Quem sabe se é melhor escrever primeiro a história e depois cuidar do título? Vou tentar assim.

E Poliana riscou as três palavras já escritas, para começar de novo. Esse novo começo não veio com a facilidade desejada, pois meia hora depois a folha de papel não mostrava outra coisa senão palavras riscadas. Apenas umas vinte haviam se salvado da destruição.

Nesse momento, entrou dona Poli e ao vê-la escrevendo quis saber do que se tratava.

— Nada de importante, titia, mas, como é segredo, não posso contar... por enquanto.

— Muito bem, continue — suspirou dona Poli. — Mas devo dizer que, se está tentando melhorar as condições da hipoteca cujos papéis seu Hart trouxe, está perdendo tempo. Já examinei tudo duas vezes.

— Não, cara tia, não se trata disso. Trata-se de uma coisa infinitamente mais linda — disse afetadamente Poliana, voltando ao trabalho.

Em seus olhos surgira de repente a visão conjunta da obra e dos três mil dólares resultantes.

Por mais uma hora escreveu, escreveu, riscou, riscou, riscou e mascou a ponta de seis lápis; em seguida, com o ânimo já mais abatido, embora não vencido, juntou a papelada e os lápis e deixou a sala.

"Creio que lá em cima é mais próprio para escrever do que aqui. 'Pensei' que, como se tratava de um trabalho literário, a velha escrivaninha fosse me ajudar. Não ajudou. Vou agora experimentar a mesinha do meu quarto."

Essa mesinha, entretanto, não a tratou melhor que a escrivaninha, a avaliar pelo que Poliana produziu na seguinte meia hora. O número de palavras escritas e riscadas continuava o mesmo. Nisso chegou a hora do jantar.

— Ah, mas ainda bem. Estou bem contente disto — murmurou ela. — Creio que jantar vale mais do que escrever. Não que eu não "queira" fazer isso; mas é um trabalho terrível, isso de escrever uma simples história...

Durante todo o mês, Poliana trabalhou com todo o afinco e se convenceu de que, apesar de ser uma simples história, de fácil aquela tarefa não tinha nada. Mesmo assim, não desanimou. A perspectiva dos três mil dólares agia como um poderoso estimulante, isso sem falar nos prêmios menores. Podia conseguir o segundo, o terceiro. Até qualquer prêmio de cem dólares serviria. Então escreveu e escreveu, riscou e riscou, até que um belo dia o trabalho chegou ao fim. Restava levar o manuscrito para Milly Snow datilografar.

— Não parece ruim — murmurou Poliana após a última leitura. — Pelo menos tem sentido; é a história de uma moça extraordinariamente boazinha. Mas alguma coisa não me agrada nela, só não sei o que é. Isso pode acabar me prejudicando quanto ao primeiro prêmio. Mas para qualquer um dos outros serve.

Poliana se lembrava de Jimmy sempre que ia à casa de dona Snow, porque fora no trecho de estrada da frente que o encontrara no dia da sua fuga do orfanato. Ao passar por lá naquele dia se lembrou dele novamente e, com o "Ah!" que ultimamente lhe vinha aos lábios sempre que isso acontecia, subiu a escada e tocou a campainha.

Os Snows a receberam com a alegria e a cordialidade de sempre, porque em nenhuma casa de Beldingsville o jogo do contente era levado mais a sério do que ali.

— Como vão passando de saúde? — perguntou Poliana depois de encomendar a cópia a Milly.

— Muito bem — respondeu a moça com um sorriso. — Esse trabalho é o terceiro que me aparece no mês. Ah, dona Poliana, como foi bom que fizesse de mim uma datilógrafa! Isso nos endireitou a vida.

— Bobagem! — exclamou Poliana, desmerecendo-se.

— Pura verdade. Em primeiro lugar, eu não poderia fazer nada, se não fosse o jogo, por causa de mamãe. A coitada já me dá folga para outros trabalhos. Em segundo, quem foi que me ajudou a comprar a máquina? Está claro que devemos tudo àquela menininha abençoada.

Poliana se desmereceu novamente e dessa vez foi interrompida por dona Snow, que estava num carrinho de rodas, perto da janela.

— Ouça, menina — disse a cadeirante. — Suponho que você ainda não tenha noção de todo o benefício que nos proporcionou. Mas é preciso que saiba. Estou vendo hoje alguma coisa em seus olhos que não me agrada. Está aborrecida ou preocupada. Talvez seja ainda efeito da morte do seu tio e da situação de dona Poli. Tenho algo a dizer e você me há de permitir que diga, porque não posso ver sombra de tristeza nos olhos de quem me fez o que me fez e de quem melhorou a vida de inúmeras outras pessoas por aqui.

— Dona Snow! — protestou Poliana com sinceridade.

— Estou dizendo o que realmente penso, menina, e o que é — prosseguiu a cadeirante em tom convencido. — Para começar: olhe para mim. Lembra de como me conheceu? Lembra daquela criatura que só ansiava pelo que não tinha e nunca dava bola para o que tinha? Quem foi que me abriu os olhos?

— Ah, dona Snow! Quer dizer que fui tão metida assim? — murmurou Poliana, desculpando-se pelo que fizera na infância.

— Metida! Não diga isso. Você nunca foi metida, e isso a distingue das demais pessoas. Você não dá sermões, Poliana. Se desse, como os outros, jamais conseguiria comigo os resultados que conseguiu. Foi brincando, foi jogando alegremente o jogo do contente que me conquistou e que também endireitou Milly. Aqui estou no meu carrinho de rodas, com o qual percorro a casa inteira. Isso significa muito, porque posso me servir sozinha e dar folga à pobre Milly. E o doutor diz que foi o jogo o único remédio que me curou. E os outros? E a multidão de outros por aí? Não falam de outra coisa. Nelly Mahoney quebrou um braço e ficou muito contente, lembrando-se de que poderia ter quebrado as pernas e ficado sem andar para sempre. A velha dona Tibbits ficou surda e está alegríssima de não ter ficado cega. Lembra daquele vesgo Joe, tão rabugento sempre? Era como eu; não se contentava com nada. Pois não sei quem lhe ensinou o jogo, e está hoje outro homem. E saiba, menina, que as coisas não são assim só nesta cidade. Nas cidades vizinhas a notícia correu e já há muita gente que faz o mesmo. Recebi carta de uma irmã que mora em Massachusetts, na qual conta daquela dona Tom Payson que morou aqui, lembra?

— Ah, lembro muito bem. Morava em Pendleton Hill.

— Pois bem, os Paysons se mudaram de Beldingsville no tempo em que você andou lá pelo centro de recuperação. Foram para Massachusetts. Ela escreveu que esteve com dona Payson e de sua boca ouviu toda a história do jogo do contente e da menininha que o inventou. Disse que esse jogo a livrou de um infeliz divórcio, e que agora o ensina a quantas pessoas pode. A consequência é que o jogo já está se espalhando por lá, e ninguém sabe onde irá parar. Vai se espalhando pelo mundo afora. Era isso que eu queria que você soubesse, para que hoje, que está moça e com tristeza nos olhos, não se esqueça do bem que fez e está fazendo ao mundo. Jogue o seu jogo, menina. Este é o meu conselho.

Poliana se levantou, sorrindo com lágrimas nos olhos.

— Obrigada, dona Snow — disse ela comovida. — Às vezes é bem difícil jogar o contente, e outras vezes sinto necessidade de que alguém me ajude. — Mas então um clarão de alegria lhe inundou o rosto. — Se algum dia eu não puder jogá-lo, ainda assim me sentirei contente de saber que muita gente está jogando.

Poliana voltou para casa pensativa. Apesar de comovida com o que dona Snow dissera, uma corrente de tristeza secreta a dominava. Ia pensando em dona Poli, que já agora, na viuvez, raramente se lembrava do jogo, e refletia também que ela própria se esquecia de recorrer a ele nos momentos em que mais necessitava.

— Talvez eu não tenha conseguido "caçar" o que possa haver de alegre no que tia Poli diz — refletiu Poliana, inculcando-se. — E talvez seja porque eu ande jogando tão mal que tia Poli esteja tão esquecida dele. Vou ver se opero uma mudança. Do contrário, o mundo inteiro se beneficiará com o meu jogo, menos eu...

26
JOHN PENDLETON

Foi justamente uma semana antes do Natal que Poliana entrou para o concurso com sua história belamente datilografada. Os resultados só apareceriam no mês de abril, de modo que havia uma série de semanas para um filosófico exercício de paciência.

— Vou ficar contente da longa espera — raciocinou Poliana —, porque tenho todo o inverno para sonhar com o primeiro prêmio. Durante esse tempo poderei livremente admitir a vitória, de modo que, se ela não vier em abril, já não perderei tudo, porque já terei aproveitado parte das suas delícias.

Tudo Poliana admitia, menos que não ganhasse algum dos prêmios. Seu trabalho ficara tão bonito depois de escrito à máquina!

O Natal daquele ano não foi feliz, mesmo com o esforço de Poliana para levantar os ânimos. Tia Poli não quis saber de festejar a data e levou sua abstenção a ponto de suprimir os presentes habituais e até os cartões de boas-festas.

Na véspera do grande dia, John Pendleton apareceu na casa. Dona Poli não veio recebê-lo, e Poliana deu graças a Deus, porque estava cansada já das eternas lamentações da viúva. Essa visita, entretanto, não lhe causou o bem que ela esperava, em virtude de uma carta de Jimmy que seu Pendleton lhe mostrou, na qual só falava dos seus planos com dona Carew para a celebração do Natal na Casa das Empregadas. Poliana estranhou o efeito da carta em si própria e quis mudar de assunto. Não conseguiu. Seu Pendleton leu-a inteirinha.

— Lindo, não? — exclamou ele ao dobrá-la.

— Lindíssimo! — respondeu Poliana, procurando encher com entusiasmo o que lhe faltava de sinceridade.

— E é hoje — lembrou o velho. — Eu queria muito estar lá agora.

— Realmente — concordou a moça, procurando manter a nota de entusiasmo.

— Dona Carew soube o que fez quando pediu a Jimmy para ajudá-la, e estou a imaginar a cara dele, ao se fantasiar de Papai Noel para uma centena de moças reunidas.

— Vai ficar encantado! — murmurou Poliana, erguendo um bocadinho o queixo.

— Pode ser, embora seja uma tarefa um pouco diferente de construir pontes e diques.

— Verdade.

— Mas aposto que as moças nunca vão ter uma festa mais alegre que a de hoje.

— Eu... também aposto — balbuciou Poliana, procurando esconder o tremor da voz e fazendo de tudo para não comparar sua triste véspera de Natal, ali, sozinha com o velho Pendleton, com a de Jimmy, rodeado de cem moças em Boston.

Houve uma breve pausa, durante a qual John Pendleton ficou com os olhos presos nas chamas da lareira.

— Dona Carew é uma senhora admirável — exclamou ele por fim.

— Realmente — concordou Poliana, desta vez com sinceridade.

— Jimmy me escreveu contando o que dona Carew tem feito para as moças empregadas — continuou o velho com os olhos nas chamas. — Disse que já a admirava muito aqui, mas só agora lhe está dando o devido valor.

— Dona Carew é verdadeiramente única — confirmou Poliana. — Eu a adoro.

John Pendleton se voltou para Poliana e a encarou.

— Sei que está sendo sincera, Poliana, e acho que os outros também o são, quando a elogiam. Por isso todos a adoram.

O coração da moça bateu mais apressado. Uma repentina ideia lhe ocorreu. Jimmy! Será que aquele "todos" de seu Pendleton se referia a Jimmy?

— O senhor quer dizer que... — começou ela e interrompeu-se, hesitante.

— Refiro-me às moças — respondeu o velho com um sorriso de malícia. — Não acha que as moças devem adorar dona Carew?

— Claro que acho — murmurou Poliana, mas sua cabeça já estava num turbilhão, e então deixou que o velho falasse pelo resto da noite.

Seu Pendleton se levantou, deu umas passadas pela sala e depois voltou a se sentar, novamente voltando ao mesmo assunto.

— Estranho isso que há entre ela e Jimmy! — disse ele. — Será que Jimmy é o sobrinho tão procurado?

Não houve resposta, e seu Pendleton prosseguiu:

— Jimmy é um belo rapaz sob todos os pontos de vista. Gosto imensamente dele. Há algo de nobre em seu caráter e nada demais que seja da mesma família de dona Carew.

Continuou o silêncio da moça.

— Outra coisa que me impressiona é que dona Carew não se tenha casado de novo, porque realmente é uma linda senhora. Você não acha, Poliana?

— Sem dúvida. É realmente linda — respondeu a moça com precipitação, e instintivamente se olhou de relance ao espelho que ficava perto, para convencer-se de que nada tinha da lindeza de dona Carew.

Seu Pendleton continuou com os olhos nas chamas, com ar feliz. Que Poliana respondesse ou não às suas observações, não importava. O velho estava no clima de quem confidencia algo para si próprio em voz alta. Por fim se levantou e se despediu, com muitos votos de felicidade para a sua amiguinha.

Tudo se tornava claro para Poliana agora, já não havia mais nenhuma dúvida. Jimmy gostava de dona Carew e por isso viveu tão inquieto e rabugento depois da estada dela em Beldingsville. E também por isso se mostrava tão arredio nos últimos tempos. Gostava dela... Amava-a... Inúmeras pequenas coisinhas ocorridas nos passeios começaram a vir à tona na sua memória.

E por que não gostaria de dona Carew? Sim, ela era mais velha que ele. Mas e daí? Quantos casos de casamentos assim? Além do mais, havia a sua formosura para equilibrar tudo, e havia o amor...

Poliana chorou muito naquela noite.

Pela manhã mobilizou suas energias e se preparou para enfrentar a nova situação. Recorreu ao velho jogo. Mas lembrou-se logo de uma frase de Nancy, anos atrás, a propósito da rixa entre dona Poli e o doutor Chilton: "Se há gente que não pode jogar o jogo, é sem dúvida um casal de namorados que vivem brigando".

"Mas nós não somos namorados nem vivemos brigando", pensou consigo Poliana, "e, no entanto, não consigo ficar contente de Jimmy estar contente porque dona Carew está contente... Não consigo..."

Convencida de que Jimmy e dona Carew se amavam, Poliana ficou particularmente sensível a tudo que poderia confirmar essa crença. E, sempre em guarda, só encontrou confirmações, sobretudo na correspondência de dona Carew.

Tenho visto muitas vezes o seu amigo, o jovem Pendleton, dizia ela numa das cartas, e cada vez o aprecio mais. E muito tento entender a causa da impressão que ele me causou da primeira vez que nos encontramos.

Mais adiante dona Carew referia-se ainda a Jimmy casualmente, e Poliana doía-se, vendo claramente que havia em sua suposta rival uma permanente preocupação a respeito do moço. Seu Pendleton, também, cada vez que aparecia, vinha com histórias de Jimmy e dona Carew — e a pobre Poliana quase se irritava com o fato de ele não encontrar um assunto melhor para conversar.

Por fim chegaram cartas de Sadie Dean falando de Jimmy e do que ele andava fazendo com dona Carew. O próprio Jamie chegou a trazer a sua contribuição para as torturas de Poliana.

São dez horas, dizia ele numa carta. Estou aqui na sala, sozinho, à espera de dona Carew, que saiu com Pendleton para uma inspeção à Casa das Empregadas.

Só de Jimmy que não vinha carta nenhuma, e Poliana ficou satisfeita de que assim fosse.

— Se ele não pode escrever falando de outra coisa senão de dona Carew e suas moças, fico bem contente de que não me escreva nunca — murmurava ela, suspirando.

27
O DIA EM QUE NÃO HOUVE JOGO

E assim iam decorrendo um por um os dias do inverno. Janeiro e fevereiro foram meses de nevadas e chuva, e março veio com ventos que gemiam ao redor da casa e se insinuavam pelas janelas de maneira a levar ao extremo o nervosismo geral.

Poliana verificou que em tais dias não era fácil jogar o jogo; mas insistia corajosamente. Tia Poli já não jogava, o que deixava tudo ainda mais difícil. A viúva andava profundamente desanimada e vencida pela tristeza.

A esperança de um prêmio no concurso de contos ainda existia em Poliana, embora não pensasse mais no primeiro nem no segundo; contentava-se com o último. E não se detivera naquele conto inicial; escrevera outros, que ia mandando para várias revistas. As constantes recusas, entretanto, começavam a abalar a sua fé na aptidão literária.

— Mas devo ficar contente de que tia Poli não saiba nada disso — consolava-se ela, rasgando as cartas de recusa a fim de não ter mais esse motivo para se aborrecer.

A vida de Poliana por aquele tempo girava exclusivamente ao redor da viúva, apesar de que dona Poli de nenhum modo percebia até que extensão a pobre moça estava se sacrificando por ela.

Num dia triste de março a situação chegou ao clímax. Poliana havia se levantado da cama e olhado com um suspiro para o céu escuro; em seguida, cantarolando, por um decidido esforço de vontade, uma cantiga, dirigiu-se à cozinha para preparar o café da manhã.

— Acho que vou fazer uma broa de milho — murmurou confidencialmente para o fogão.
— O que acha, senhor forno?

Meia hora depois foi bater à porta do quarto de dona Poli.

— Já de pé assim cedo? Ah, que ótimo! E até já penteou o cabelo!

— Não consegui dormir esta noite e tive que me levantar de madrugada — respondeu a viúva com ar cansado. — Então me penteei eu mesma porque você não apareceu.

— Eu não vim, titia, porque pensei que a senhora ainda não estivesse de pé — apressou-se Poliana em explicar. — E a senhora vai ficar bem contente de saber o que andei fazendo.

— De forma alguma ficarei contente numa manhã destas — respondeu tia Poli irritada. — Ninguém pode ficar contente de nada, com uma chuva que já dura três dias.

— Mas o sol nunca aparece tão belo como depois dessas intermináveis chuvas — consolou-se Poliana enquanto arrumava um laço no pescoço da tia. — E, agora, venha. O café da manhã está pronto. Quero ver se adivinha o que fiz.

Dona Poli, entretanto, não estava disposta a se satisfazer com coisa nenhuma nem sequer com broinhas de milho. Nada pareceu suportável ou aceitável durante a refeição, estado de ânimo que pôs em dura prova a paciência de Poliana. Para agravar a situação apareceu uma goteira no teto da copa, e o carteiro trouxe uma carta nada agradável. Poliana aplicou logo o jogo, dizendo que estava contente de ter uma goteira, sinal de que tinha uma casa; e quanto à carta, aliás, esperada, declarou estar contente de que tivesse vindo, pois assim não precisava esperá-la por mais tempo.

Tudo isso, porém, somado com outros pequenos aborrecimentos caseiros, prolongou o trabalho da manhã até depois de meio-dia, o que era extremamente desagradável para dona Poli, cuja vida metódica era governada a relógio.

— Três e meia já, Poliana! — exclamou ela de repente. — E você ainda não arrumou os quartos.

— Ainda não, titia, mas arrumarei. Não se incomode.

— Mas ouviu o que eu disse? Olhe para o relógio, menina. Já passa das três e meia.

— Ótimo, tia Poli. Podemos ficar contentes de que não passe de quatro e meia.

A velha fungou com desdém.

— Você poderá; eu, não.

Poliana riu.

— Titia, os relógios não nos aborrecem quando sabemos olhá-los. Descobri isso no centro de recuperação. Sempre que ia fazer qualquer coisa de que gostava e não queria que o tempo passasse depressa, eu só olhava para o ponteiro pequeno e sentia o tempo se tornar extremamente vagaroso. Outras vezes, quando tinha que suportar alguma coisa ruim, eu olhava para o ponteiro grande e me surpreendia de ver como o tempo corria depressa. Hoje estou olhando para o ponteiro das horas, porque não quero que o tempo corra. Vê como tudo se arranja? — concluiu, fugindo dali antes que tia Poli respondesse.

Foi um mau dia aquele e, à noite, Poliana estava pálida e bastante cansada. Isso valeu de novo tema para o aborrecimento da velha.

— Minha cara, você parece exausta de canseira — disse dona Poli. — Estou vendo que vamos ter doença em casa.

— Por que, titia? Sinto minha saúde perfeita — respondeu a moça, caindo numa poltrona com um suspiro de alívio. — Apenas cansada. Meu Deus! Como esta poltrona é boa! Fico muito contente de estar cansada, porque o cansaço torna o descanso uma delícia.

Tia Poli se virou para ela num ímpeto de impaciência.

— Contente, contente, contente! Você vive contente de qualquer bobagem, Poliana. Nunca vi uma criatura assim. Sei, sei disso — acrescentou em resposta a um olhar da moça —; sei que é o jogo, mas acho que você o leva longe demais. Essa doutrina do "podia ser pior" já está me deixando para lá de irritada, e sinceramente seria um grande alívio se você deixasse de ficar contente por algum tempo.

— Como é, titia? — exclamou Poliana, levantando-se atônita.

— É isso mesmo. Experimente e verá. Pare com o jogo.

— Mas, titia, eu... — começou Poliana, interrompendo-se para encarar sua tia pensativamente. Uma estranha expressão surgiu em seus olhos, e abriu a boca de leve. Dona Poli, porém, que voltara para o seu trabalho, nada notou, e Poliana recaiu na poltrona, sem concluir a frase e sempre com o mesmo jeito nos lábios.

Chovia ainda quando Poliana se levantou na manhã seguinte. O vento nordeste assobiava na chaminé. Poliana foi à janela e, apesar de não conter um suspiro, jogou:

— Ah, estou contente... — Mas tapou com a mão a boca, num gesto infantil. — Meu Deus! Eu tinha esquecido que tenho de passar o dia todo sem ficar contente uma só vez!

Naquela manhã, Poliana não fez broinhas; preparou o café da manhã de sempre e depois foi para o quarto da tia.

Encontrou-a ainda na cama.

— Está chovendo como de costume — disse a moça, em vez de dar bom-dia.

— Sim, está horrível, perfeitamente horrível — desesperou-se dona Poli. — Chove desde o começo da semana. Tempo péssimo.

Não houve a resposta usual, e tia Poli, um tanto surpresa, ergueu os olhos para a sobrinha, que distraidamente olhava para fora.

— Já vai se levantar? — perguntou ela em seguida, com a voz cansada.

— Vou, sim — respondeu tia Poli, ainda com a expressão de surpresa no rosto. — O que é que você tem, menina? Parece cansada.

— Estou sim. Não dormi bem e tenho horror a não dormir. Noites passadas em claro me deixam péssima.

— Sei o que é isso — concordou a velha. — Eu também não preguei o olho a partir das duas horas. E aquela goteira! Como é que vamos consertar o telhado, se essa chuva não passa nunca? Já esvaziou o balde que pusemos embaixo?

— Já. E dois baldes. Há uma nova goteira mais adiante.

— Outra goteira! Está tudo rachado.

Poliana ia dizer: "Podemos ficar contentes de poder consertar as duas goteiras ao mesmo tempo", mas lembrou da bronca e disse na mesma voz cansada:

— Realmente, titia, está rachando todo o teto. É cada uma... — e com essa exclamação retirou-se do quarto arrastadamente.

— Como é difícil! — murmurou logo depois ao penetrar na cozinha. — Difícil e engraçado...

Dona Poli, ainda na cama, ficou de olhos arregalados, intrigadíssima.

Durante esse dia, a velha teve muitas oportunidades de olhar para Poliana com aquela mesma surpresa da manhã. Nada parecia direito para a moça. O fogo não acendia; o vento abriu três vezes a cortina que ela fechara. Além disso, uma nova goteira apareceu na copa, e o carteiro trouxe uma carta que a fez chorar, sem dizer o motivo. Além de tudo isso, o jantar saiu péssimo.

Só lá pela tarde é que tia Poli começou a desconfiar, e uma hora depois a desconfiança passou à certeza. Descobrira tudo e, por fim, após uma queixa desesperada de Poliana, tia Poli ergueu as mãos para o céu num gesto de desespero.

— Basta, menina, basta! Eu desisto. Confesso que fui derrotada no meu jogo e você pode ficar contente disso — concluiu num sorriso forçado.

— A senhora ontem...

— Eu sei; disse aquilo e foi a última vez. Que dia horrível o de hoje! Não quero mais isso. Além do mais, quero que você saiba que... que não tenho jogado o jogo faz muito tempo e que agora... vou começar. Onde está meu lenço? — concluiu, procurando-o ao redor de si.

Poliana correu ao seu encontro.

— Ah, titia, eu não tive intenção de... Foi apenas uma brincadeira. Nunca pensei que a senhora fosse tomar as coisas desse modo.

— Não pensou, é? — disse dona Poli com a voz severa de propósito como alguém que se reprime por medo de parecer sentimental. — Imagina por acaso que não compreendi tudo? Que não sei que esteve o dia inteiro me castigando porque eu... eu...

Mas o carinhoso abraço de Poliana não a deixou concluir.

28

JIMMY E JAMIE

Poliana não foi a única a achar aquele inverno horrível. Lá em Boston Jimmy Pendleton, mesmo com todos os seus esforços para encher o tempo e se preocupar com outros pensamentos, estava tendo a certeza de que era impossível apagar da lembrança um certo par de olhos e uma certa voz amiga.

Jimmy refletiu consigo que, se não fosse dona Carew e o fato de que ele lhe podia ser útil, a vida não valia a pena ser vivida. Mas na casa de dona Carew havia Jamie, e a vista de Jamie lhe fazia lembrar da Poliana que perdera.

Jimmy estava convencido de que os dois se amavam e de que seu dever de honra era se afastar do caminho; por isso nunca pensou sequer em tocar no assunto na presença de Jamie. Também não gostava de falar de Poliana nem de ouvir falar sobre ela. Dona Carew e Jamie tinham sempre notícias, e era com peso no coração que Jimmy as ouvia. Procurava, porém, mudar de assunto o mais rápido possível e, ainda por cima, limitava a sua correspondência com Beldingsville ao mínimo. Já que Poliana não era sua, a lembrança dela era uma fonte de dolorosas recordações. A ida a Beldingsville nos últimos tempos lhe fora penosa. Morar perto de Poliana e tê-la sentimentalmente tão afastada de si era um sofrimento.

Em Boston, para se distrair, dedicara-se de corpo e alma à obra de dona Carew em prol das moças empregadas, com grande encanto dessa senhora, cada vez mais amiga.

Assim o inverno passou. Depois entrou a primavera, cheia de flores e perfumes. Entrou para todos, menos para ele. Em seu coração, o inverno se prolongava.

— Seria muito melhor para mim se ao menos anunciassem o casamento de modo a acabar de uma vez com tudo isso — murmurava de si para si com frequência.

Essa ânsia de definição foi satisfeita em certo dia de abril. Eram dez horas de um sábado quando Mary o introduziu na sala de música de dona Carew com um: "Vou comunicar à patroa que o senhor está aqui".

Jamie lá estava, de braços cruzados sobre o piano e a cabeça afundada nele; ao percebê-lo, Jimmy teve vontade de se retirar para a sala próxima. Mas Jamie ergueu a cabeça e o olhou com os olhos estranhamente febris.

— O que houve, Carew? — perguntou Jimmy surpreso. — O que aconteceu?

— O que aconteceu? Ah! — exclamou o moço erguendo no ar duas cartas. — Aconteceu a melhor coisa do mundo. Imagine um condenado a uma vida inteira de prisão que de repente vê as portas do cárcere se escancararem! Não ache que sou doido, Pendleton. Ouça. Tenho necessidade de proclamar minha vitória a todo o mundo.

Jimmy fez um gesto instintivo de cabeça como quem se põe em guarda contra um golpe. Empalideceu, mas manteve a voz firme ao responder:

— Diga, meu caro. Abra seu coração.

Jamie, entretanto, pareceu não ter ouvido, porque continuou com as mesmas expressões, um tanto incoerentes.

— Isto não significaria nada para você que tem saúde e força. Você é rico de ambições possíveis. Vai trabalhar, construir, mas para mim não havia nada. Ouça. Esta carta diz que meu conto enviado a um concurso literário ganhou o primeiro prêmio, que é de três mil dólares, e esta segunda é de uma grande editora que me propõe a publicação do meu primeiro livro. E vieram as duas juntas esta manhã! Não é de virar a cabeça a um pobre mortal?

— Parabéns, Jamie! Fico muito feliz pela sua vitória! — exclamou Jimmy com entusiasmo, tirando um enorme peso do coração.

— Obrigado. Aceito os parabéns. Imagine o que isso significa para mim! Posso ser um homem independente e assim realizar o meu velho sonho de pagar à dona Carew o benefício que fez a um triste menino deficiente. Posso enfim dizer à mulher que amo que eu a amo!

— Si...im — concordou Jimmy, ficando muito pálido.

— Claro que ainda não farei isso — continuou Jamie. — Continuo amarrado a isto. — E indicou as muletas. — Não consigo esquecer daquele dia no acampamento quando vi Poliana em perigo. É impossível aceitar a ideia de ver a moça amada em perigo e eu impotente para socorrê-la.

— Mas, Carew... — ia dizendo Jimmy.

O outro ergueu a mão, interrompendo-o.

— Sei o que vai dizer, Jimmy. Mas não diga nada. Nunca conseguirá compreender. Nunca saberá o que é viver pendurado a dois paus. Naquele dia você a salvou, e não eu. A cena falou fundo na minha alma. Imaginei-a repetida entre mim e Sadie.

— Sadie?

— Sim, Sadie Dean. Ficou surpreso? Então você não sabe? Nunca suspeitou do que há entre mim e Sadie? — exclamou Jamie surpreso. — Será que escondi tanto assim?

— Escondeu, sim, meu caro, pelo menos de mim — respondeu Jimmy, radiante de alegria e já com a palidez do rosto substituída por um vivo corado. — Então era Sadie Dean! Meu Deus! Pois meus parabéns de novo, do fundo do meu coração.

A empolgação de Jimmy ao descobrir que era Sadie, e não Poliana, a amada de Jamie não teve limites.

— Nada de parabéns ainda, meu caro, pois ainda não me confessei a Sadie. Mas acho que ela precisa saber, não? Acho que todos já desconfiam. Mas escute: quem você pensou que fosse?

Jimmy hesitou. Depois, sem pensar direito:

— Achei que fosse Poliana.

Jamie sorriu, franzindo os lábios.

— Poliana é uma menina encantadora que eu adoro e que me adora, mas não há amor, nem da minha parte, nem da dela. Amor lá é com outro.

Jimmy corou.

— Com quem?

— Com John Pendleton, é claro.

— John Pendleton! — repetiu Jimmy vivamente.

— Quem aí está falando em John Pendleton? — indagou uma voz. Era dona Carew, que vinha entrando a sorrir.

Jimmy, em cujos ouvidos em tão curto lapso de tempo por duas vezes sentira o mundo vir abaixo, mal encontrou palavras para cumprimentar a amiga. Mas Jamie se virou para ela com ar triunfante e disse:

— Nada, eu estava apenas comentando o que há entre Poliana e John Pendleton.

— Entre Poliana e John Pendleton? — repetiu dona Carew, sentando-se perto dos dois rapazes, que, se houvessem prestado mais atenção, teriam visto o sorriso morrer nos lábios e uma estranha expressão de medo aparecer em seus olhos.

— Mas é claro — confirmou Jamie. — Será que todos estiveram de olhos fechados tanto tempo? Ele não vivia ao lado dela o tempo todo?

— Estava... mas estava com todos nós igualmente — disse dona Carew num balbucio.

— Não do modo como ficava com Poliana — insistiu Jamie. — Não se lembra daquele dia em que falamos no futuro casamento de John Pendleton e Poliana corou e ficou toda atrapalhada?

— Sim, lembro, agora que você mencionou — repetiu no mesmo tom dona Carew.

— Eu explico tudo muito bem — disse Jamie, molhando os lábios secos. — John Pendleton teve um só amor na vida e foi pela mãe de Poliana.

— Com a mãe de Poliana! – exclamaram juntos Jimmy e dona Carew.

— Sim. Ele a amou durante anos, mas não foi correspondido. Ela quis outro, o ministro com quem se casou, o pai de Poliana.

— Ah! — exclamou dona Carew, respirando fundo e se remexendo na cadeira. — Então foi por isso que ele nunca mais se casou.

— Exatamente — declamou Jimmy. — Mas suponho que seu Pendleton nunca pensou em Poliana para esposa. Ele deve considerá-la quase sua filha.

— Não penso assim — contraveio Jamie. — Ele quis e amou no passado a mãe de Poliana. Não a obteve. Encontra agora a filha e é natural que a queira do mesmo modo.

— Você não tem jeito, mesmo. Vive inventando essas situações absurdas, Jamie! — exclamou dona Carew com um riso nervoso. — Não estamos falando desses romances de livros baratos; trata-se da vida real. A diferença de idade torna essa união um absurdo.

— Talvez. Mas... se ela é realmente a criatura que ele ama — insistiu Jamie. — Pense um pouco. Já recebemos por acaso uma só carta de Poliana que não falasse das visitas de seu Pendleton? E não está ele sempre a falar nela em todas as cartas que manda?

Dona Carew se levantou bruscamente..

— Pode ser — murmurou aborrecida como quem fala de um assunto doloroso. Mas... — E não concluiu a frase. Saiu.

Quando dona Carew reapareceu na sala, verificou com espanto que Jimmy já havia partido.

— Mas que história é essa? Pensei que Jimmy ia conosco ao piquenique das moças — disse ela.

— Eu também — disse Jamie. — Mas Jimmy veio com desculpas, disse que tinha de sair da cidade e tratou de ir. Não lembro bem da explicação inteira que deu porque... porque minha cabeça estava muito cheia disto. Leia. — E estendeu para dona Carew as duas cartas recebidas.

— Ah, Jamie! — exclamou dona Carew depois de percorrê-las com os olhos. — Que orgulho!

E seus olhos se encheram de lágrimas.

29
JIMMY E JOHN

Um rapaz de ar determinado e rosto decidido desceu na estação de Beldingsville naquela mesma noite, e no dia seguinte, antes das dez horas, já subia a ladeira que levava à casa dos Harringtons. Vendo de longe, na janela do solário, uma carinha amiga, apressou o passo e transpôs sem nenhuma formalidade o jardim do velho casarão.

— Jimmy! — gritou Poliana com os olhos arregalados. — De onde vem você, criatura?

— Cheguei de Boston ontem à noite. Para ver você, Poliana.

— Para me ver, Jimmy? — exclamou a menina atônita, procurando guardar a compostura. O moço aparecia tão forte e tão caro, enquadrado no portal, que ela receou que seus olhos estivessem sendo vítimas de uma alucinação de conto de fadas.

— Sim, Poliana. Eu quis, isto é, eu receio... Ah, Poliana vamos acabar com isso! Eu vim para dizer tudo, de uma vez por todas. Estive de lado todo esse tempo, esperando, mas não vou esperar mais.

Poliana, atônita, não entendia nada.

— Jimmy Bean Pendleton — disse ela —, pelo amor de Deus, explique-se.

O moço riu de um modo peculiar.

— Não me admira que você não tenha percebido. Tudo esteve tão confuso até aqui... Só ontem abri os olhos, e graças a uma confissão de Jamie.

— Confissão de Jamie...

— Sim, e tudo começou por causa do prêmio no concurso. Você já deve saber...

— Sei, sim, já li — interrompeu Poliana com entusiasmo. — Não foi esplêndido? E justamente o primeiro, o de três mil dólares! Já escrevi uma carta de parabéns ontem mesmo. Quando vi o seu nome no jornal compreendi que era ele mesmo, o nosso Jamie, e fiquei tão animada que até me esqueci de procurar na lista o meu... quer dizer, esqueci de tudo mais — tentou Poliana corrigir a sua involuntária confissão de haver também concorrido aos prêmios.

Jimmy, porém, estava muito preocupado com o seu caso pessoal para prestar atenção naquilo e apenas disse:

— Sim, sim, foi esplêndido. Também estou contentíssimo. Mas o que ele me disse depois é que valeu tudo. Até então eu achava que... que vocês dois se... gostassem...

— Você deduziu então que eu e Jamie nos amávamos? — exclamou Poliana no auge da surpresa. — Que ideia! Jamie adora Sadie Dean, e eu era a sua confidente. Jamie só falava comigo a respeito dela.

— Pois eu não sabia e sempre pensei que Jamie fosse o seu amado, Poliana. Esperei por esse motivo.

Poliana se curvou e apanhou uma folha seca do chão. Ao se levantar, voltou os olhos para longe.

— Eu me coloquei de lado e deixei o campo livre para ele, embora meu coração sangrasse — continuou Jimmy. — Ontem, porém, tudo se esclareceu. Jamie me contou que é apaixonado por outra e também me revelou que havia mais alguém no meu caminho, o que me deixou surpreso ao se tratar de John Pendleton.

Poliana se virou para ele com os olhos assombrados.

— John Pendleton! O que quer dizer com isso, Jimmy? O que seu Pendleton tem a ver com essa história?

Uma alegria imensa brilhou no rosto de Jimmy, que num impulso tomou as duas mãos de Poliana.

— Ah, não é ele! Não é ele! Estou lendo nos seus olhos, Poliana!

A moça recuou pálida e trêmula.

— Jimmy, que coisa é essa?

— Jamie afirmou que você queria se casar com tio John, entendeu? E eu comecei a entrar em parafuso, achava impossível. Ele se preocupa demais com você, sempre, e além disso houve aquele caso de sua mãe...

Poliana tapou o rosto, num gemido, e Jimmy passou o braço ao redor de seu pescoço. Mas a moça recuou.

— Poliana, minha Poliana! — exclamou Jimmy agoniado. — Você parte o meu coração. Será que não sente nada por mim? É isso que não quer confessar?

A moça o encarou nos olhos.

— Admitiu, então, Jimmy, que eu... — e sua voz tinha um tom misto de queixa e censura.

— Não falemos mais nisso. Passou. Acabou. O assunto agora é outro. Sou eu. Se você não o quer, então me dê uma chance. — E tomou-lhe de novo as mãos.

— Não, não, Jimmy. Ainda não posso, não posso! — E Poliana de novo se afastou.

— Quer dizer que tem realmente alguma coisa com meu tio?

— Não. Isso, não. Mas se ele... se ele tem qualquer pretensão a meu respeito eu... eu preciso saber.

— Poliana.

— Não me olhe desse jeito, Jimmy!

— Você, por acaso, se casaria com tio John, se ele pedisse?

— Não, mas... Não sei, Jimmy.

— Poliana, você não faria uma coisa dessas! Você destruiria minha vida!

A moça soluçou com o rosto novamente escondido nas mãos. Depois ergueu a cabeça e olhou para Jimmy com olhos angustiados.

— Eu sei disso e estaria destruindo a minha vida também. Destruiria a sua, Jimmy, destruiria a minha, Jimmy, mas não destruiria a dele.

O moço sacudiu a cabeça com os olhos vermelhíssimos. Sua atitude mudou de repente e, com uma exclamação triunfante, tomou-a nos braços e apertou-a de encontro ao peito.

— Basta, Poliana. Agora eu sei que me ama — sussurrou em seu ouvido. — Você disse que destruiria a própria vida! Pensa que depois de ouvir uma coisa dessas eu a entregarei a quem quer que seja neste mundo? Ah, minha cara, então você não entende a profundidade de um amor como o meu, se acha que eu poderia deixar alguém arrancá-la dos meus braços! Vamos, Poliana, diga com os lábios que me ama!

Por um minuto Poliana deixou-se ficar enlaçada e em silêncio. Depois:

— Sim, Jimmy. Eu te amo.

Os braços do moço apertaram-na ainda mais, como se quisesse absorvê-la dentro de si. Poliana continuou:

— Eu te amo, Jimmy, mas de forma alguma conseguirei ser feliz antes de saber se estou livre!

— Que absurdo, Poliana. Você é livre!

Mas a moça meneou a cabeça.

— Não com isso na minha cabeça. Compreenda, Jimmy. Foi minha mãe, há muitos anos, quem destruiu a vida de seu Pendleton, e se agora ele vier me pedir para desfazer o malfeito? Compreende?

Mas Jimmy não compreendia coisa nenhuma. Não podia compreender.

— Meu querido Jimmy — disse ela por fim. — Temos que esperar. É tudo o que posso dizer agora. Faço votos para que ele diga que é só um mal-entendido. Sou obrigada a esperar até que tudo se esclareça.

Jimmy teve de submeter-se àquela exigência, embora com a revolta na alma.

— Pois muito bem, assim seja — disse ele. — Mas creio que deve haver no mundo aos montes um caso como este: o homem a esperar que a mulher que ele ama e que também o ama adquira a certeza de que um outro homem não a quer...

— Eu sei, meu caro, mas esse homem foi destruído pela mãe dessa mulher e talvez haja uma dívida.

— Muito bem. Voltarei para Boston — concluiu Jimmy relutantemente. — Mas não pense que vou desistir agora que sei que a minha querida Poliana sente por mim o mesmo que sinto por ela.

✳ 30 ✳
A REVELAÇÃO DE JOHN PENDLETON

Jimmy voltou naquela noite para Boston atormentado pelo mais estranho estado de alma, pois a esperança, a raiva e a revolta lutavam entre si. Atrás ficava Poliana, num estado de espírito muito semelhante. A tremenda felicidade que sentiu ao saber que era amada por Jimmy foi morbidamente perturbada pela perspectiva de que o velho Pendleton a amasse e a quisesse.

Por felicidade essa situação pouco durou. A chave de tudo estava nas mãos de seu John, que naquela semana a usou para abrir as portas de vários céus. Dois dias depois da partida de Jimmy, ele apareceu. Poliana estava no jardim. Ao vê-lo se aproximar, o seu coração parecia ter afundado. "Aí vem, aí vem!", murmurou ela mentalmente num arrepio e teve ímpetos de fugir.

— Espere, menina! — gritou seu John. — Vim justamente para vê-la. Vamos para o solário. Tenho algo importante a dizer.

— Pois não — disfarçou Poliana com uma naturalidade forçada, embora percebesse que se traíra, corando. O solário fora o ponto casual da revelação de amor de Jimmy e desde aquele momento ela o tinha como um lugar sagrado. Que seu John o escolhesse também para a sua "importante" confidência fazia seu coração doer. Mas conseguiu esconder seus sentimentos.

Seu John entrou no solário e se sentou numa cadeira sem esperar que a menina o convidasse. Seu rosto mostrava aquela severidade de antigamente, que tanto assustava as pessoas de Beldingsville.

— Poliana — começou ele.

— Às ordens, seu Pendleton.

— Lembra-se de quem eu era quando me conheceu, anos atrás?

— Ah, sim... lembro...

— Um velho rabugento, não?

A despeito da sua perturbação a menina sorriu.

— Mas eu... gostei do senhor assim mesmo — murmurou ela, e mal o disse já quis emendar a frase acrescentando que gostava dele naquela época, mas já era tarde, não havia mais jeito.

— Eu sei — disse o velho. — E abençoada seja a minha salvadora! Foi aquele seu gesto, sim, Poliana, que me salvou. Impossível que possa compreender o que passou a significar para mim desde o primeiro momento.

Poliana quis protestar.

— Sim, sim, você salvou minha alma, menina. E eu queria que também se lembrasse de uma outra coisa — continuou ele depois de um breve silêncio. — De uma frase minha, de que "só uma mão e um coração de mulher e uma presença de criança" podiam constituir um lar.

Poliana sentiu o sangue lhe tomar o rosto.

— S... sim, quer dizer, lembro — murmurou num balbucio. — Mas não sei se agora... É que o seu lar está formado, seu Pendleton, está perfeito...

— Não está — contraveio o velho com impaciência. — Você bem sabe como imagino o lar, mas não pense que eu esteja incriminando sua mãe. Não estou. Ela obedeceu à voz do coração, o que é um direito, e fez boa escolha, como eu demonstrei, estragando toda a minha vida por causa de uma simples recusa. E não parece estranho, Poliana, que fosse pela mão da própria filha que esse lar se recompusesse?

Poliana passou a língua pelos lábios secos.

— Ah, seu Pendleton, eu... eu...

Uma vez mais o velho a interrompeu com impaciência.

— Sim, Poliana, foi a sua mão de menina, naquele tempo, que me consertou a vida; a sua mão e aquele jogo...

— O... — exclamou Poliana debilmente, começando a readquirir a esperança.

— Todos esses anos — continuou o velho —, tenho evoluído no sentido de me tornar um homem muito diferente do que já fui. Tudo mudou em mim, menos uma coisa. Ainda penso da mesma maneira num ponto, que sem uma mão e um coração de mulher, um lar não se completa.

— Mas já há lá a presença de criança! — quase gritou a menina, de novo tomada pelo terror. — Vejo Jimmy e...

Seu John riu com prazer.

— Eu sei. Mas devo dizer que Jimmy já não é "uma presença de criança", virou um homenzarrão. Não acha?

— Pois é...

— Além do mais, Poliana, resolvi completar o duo. Quero ver lá a mão e o coração de mulher...

— Quer... — e os dedos de Poliana começaram a se retorcer em espasmos, sem que o velho parecesse perceber.

Seu John se ergueu da cadeira e deu vários passos nervosos.

— Poliana — disse por fim, parando em frente a ela —, se você estivesse no meu lugar e fosse pedir à mulher amada que viesse transformar a "fria casa de pedra" num lar, como gostaria de ser recebida?

— Ah, seu Pendleton — exclamou a moça, olhando para a porta como quem procura a fuga. — Tenho certeza de que eu jamais faria essa pergunta, porque estaria certa de estar muito satisfeita com o que teria...

O velho se mostrou surpreso e depois riu numa careta.

— Mesmo, Poliana? Vai mesmo me repelir assim?

— Não, não! Mas penso que, se a mulher não tivesse amor, o lar não poderia ser mais feliz do que hoje é.

— Mas eu não a quereria nunca, Poliana, se ela não levasse para o meu lar muito amor.

— Sim, acho que é isso. Fora daí...

— Além do mais, não se trata de uma jovem — continuou seu John. — Trata-se de uma mulher madura, que presumivelmente saberá o que faz.

— Ah! — exclamou Poliana já com uma aurora de felicidade transparecendo nos olhos. — Então o senhor ama... alguém. — E com um esforço sobre-humano impediu que falasse o que estava pensando: "alguém que não sou eu?".

— Se amo alguém? Não entendi a pergunta, pois você agora mesmo mostrou que sabia. O que quero ter certeza é de que ela possa me amar, e para isso conto com o seu apoio, Poliana. É uma grande amiga sua.

— Amiga? — gaguejou a menina. — Então tenho a certeza de que ela o ama, seu John. E se não amar, amar, eu a farei amar. Quem é ela?

Houve um longo silêncio antes que a resposta viesse.

— Não sei se devo dizer, Poliana... É dona Carew...

— Ah! — exclamou a menina, irradiando felicidade. — Que maravilha! Como estou... CONTENTE!

Uma hora depois saía da casa de dona Poli, uma carta para Jimmy. Uma carta confusa e incoerente, na qual Poliana derramava sua alma aos pedaços. Jimmy devorou-a, lendo o que estava e o que não estava escrito.

Não é a mim que ele quer, Jimmy. É uma outra. Não direi quem é. Só direi que seu nome não é Poliana.

Jimmy correu e tomou o primeiro trem.

31
DEPOIS DE LONGOS ANOS

Poliana ficou tão contente depois de ter mandado aquela carta, que não mais cabia em si. Era seu hábito, antes de ir para a cama, passar no quarto da tia para saber se dona Poli desejava alguma coisa. Naquela noite fez como de costume, mas depois de apagar as luzes voltou ao quarto da viúva e se sentou à beira da cama.

— Tia Poli, estou tão feliz, que preciso conversar com alguém. Pode ser com a senhora. Posso dizer tudo?

— Claro que pode, menina. Alguma notícia boa para mim?

— Para todos, titia, pelo menos eu espero — disse Poliana, corando. — Tenho a certeza de que a senhora vai ficar contente por mim. Jimmy vai vir cá para falar a respeito disso, mas eu desejo falar antes dele.

— Jimmy? — murmurou dona Poli.

— Jimmy, sim. Ele... vem me pedir em casamento — gaguejou Poliana. — Ah, titia, estou tão contente de poder contar isso!

— Pedir você em casamento? Jimmy? — exclamou dona Poli, sentando-se na cama num salto. — Não vá me dizer que há algo de sério entre você e Jimmy Bean.

Poliana sentiu um frio na espinha e balbuciou, admirada:

— Ah... Sempre achei que a senhora gostasse dele.

— Gosto dele, mas em seu lugar, e seu lugar não é como marido de minha sobrinha.

— Tia Poli!

— Vamos, vamos, menina. Não fique chocada dessa maneira. Tudo isso não passa de infantilidades dos dois, e fico muito contente de poder me meter a tempo de pôr um fim nessa imprudência.

— Mas, tia Poli, não há mais tempo! — contraveio Poliana. — Eu... eu já... já o am... quer dizer, já o quero muito...

— Pois é só desquerer, porque eu jamais consentirei que você se case com Jimmy Bean.

— Por quê, tia Poli? Nós nos conhecemos desde crianças...

— Isso não é motivo. E por acaso sabemos quem é essa criatura? Não existe a menor informação a respeito da sua família, se é que a tem.

— Mas eu não vou me casar com a família dele!

— Poliana, você está me fazendo muito mal. Meu coração já começou a bater que nem um martelo, e minha noite está perdida. Não podemos deixar o assunto para amanhã?

A pobre moça se levantou com ar de arrependimento.

— Sim, titia, deixarei. E estou certa de que amanhã a senhora vai pensar de outra maneira — foi tudo o que disse ao apagar a luz para sair.

Mas no dia seguinte dona Poli não pensou de outra maneira. Sua oposição quanto ao casamento era decidida. Advertiu a sobrinha com toda a crueza sobre os possíveis males de uma hereditariedade ignorada e, por fim, apelou para os seus sentimentos de dever para com quem a havia criado. Recordou os anos de convívio de ambas ali, como mãe e filha, e pediu que no último período de vida não lhe partisse em pedaços o coração.

Quando, às dez horas, radiante de felicidade, Jimmy apareceu para fazer o pedido, em vez da Poliana que esperava, encontrou uma criatura trêmula, soluçante, que o reteve com gestos de desespero. Empalidecido e abraçado à sua amada, Jimmy pediu explicações.

— Minha querida Poliana, pelo amor de Deus, diga-me o que significa tudo isso.

— Jimmy, por que veio, meu amor? Eu ia escrever contando tudo — gemeu ela.

— Mas você escreveu, Poliana. Recebi sua carta ontem de tarde e vim correndo.

— Não me refiro a essa carta. Quando a mandei ainda não sabia que... que não podia...

— Que não podia o quê, Poliana? Não venha me dizer que mais alguma pessoa se meteu entre nós. — E os olhos de Jimmy flamejaram.

— Não me olhe assim, Jimmy! — implorou a moça apavorada.
— Então o que é? Por que é que não pode?
— Não posso me casar com você.
— Poliana, então não me ama?
— Você sabe muito bem que amo, Jimmy, e muito...
— Então pode se casar — concluiu Jimmy triunfante, apertando-a nos braços de novo.
— Você não compreende, Jimmy. Tia Poli...
— Tia Poli!
— Sim. Ela não quer...
— Ah! — exclamou Jimmy e sacudiu a cabeça com decisão. — Compreendo. Mas vou dar um jeito. Com certeza ela acha que com o casamento vai ficar longe de você. Eu a farei ver que em vez de perder uma sobrinha, ganhará um sobrinho — concluiu, cheio de confiança.

Mas o rosto de Poliana indicava que não era aquilo.
— Não, Jimmy, você ainda não entendeu. Ela... ela... Ah, como é que vou dizer isso? Ela tem... coisas contra você.

Os braços do moço se afrouxaram; seus olhos ficaram sombrios.
— Agora entendi tudo, e não posso censurá-la. Está no seu papel. Mas... eu faria tudo pela sua felicidade, Poliana. É só o que tenho para dizer.
— E eu tenho absoluta certeza disso, Jimmy — disse Poliana em lágrimas.
— Então por que não me dá uma chance, Poliana, ainda que de começo ela não aprove nossa união? Talvez assim possamos ir vencendo a resistência dela, depois de casados.
— Isso não posso fazer, Jimmy, por causa do que ela me disse. Sem seu consentimento jamais poderei me casar. Lembre-se de tudo que tia Poli fez por mim. Não seria justo da minha parte desobedecê-la. E ultimamente ela anda tão... tão amável, sempre a jogar o jogo apesar de todos os seus males... Ontem chorou e me pediu que não partisse seu coração em pedaços. Depois disso, só me resta obedecer.

Houve uns instantes de silêncio; depois, corando vivamente, Poliana continuou:
— Jimmy, se você... se você pudesse ao menos contar a tia Poli alguma coisa de seu pai ou da sua família!

Os braços de Jimmy se desprenderam dela imediatamente. Uma ideia súbita o empolgara.
— Espere...
— Sim — continuou a moça com um luar de esperança nos olhos. — Você bem sabe que não é por mim, Jimmy. Eu só quero você, mais nada, e sei aqui dentro que seus pais eram nobres, porque você é nobre e generoso. É só por causa dela, por tia Poli. Não me olhe assim, Jimmy!

Poucas palavras trocaram depois disso. Empolgado pela sua ideia, Jimmy se despediu e saiu apressado.

Ao chegar na casa de John Pendleton, Jimmy entrou gritando pelo tio. Foi encontrá-lo na biblioteca, onde, anos antes, a menina Poliana entrara sozinha, olhando ao redor, cheia de pavor do esqueleto que diziam existir lá.
— Tio John, lembra daquele envelope que recebi de meu pai? — perguntou Jimmy inesperadamente.
— Sim. Por quê, meu filho? — respondeu o velho com surpresa nos olhos.
— Esse envelope tem de ser aberto, meu tio.
— Mas há as condições estabelecidas...
— Não importa. Precisa ser aberto já. Meu futuro, minha felicidade dependem disso.
— Nesse caso, se insiste...

E Jimmy explicou.
— Meu tio talvez não ignore que eu amo Poliana. Eu a pedi em casamento e obtive o sim.

Seu John recebeu a novidade com uma exclamação de alegria, à qual o moço não deu atenção e continuou no mesmo tom precipitado e severo:

— Poliana, entretanto, diz que não pode manter a palavra porque sua tia se opõe por causa da minha origem ignorada. Dona Poli tem coisas contra mim.

— Coisas contra você!

E os olhos do velho ficaram vermelhos de raiva.

— Sim. Poliana nem sequer me deixou falar com a tia.

— Caramba! Pensei que com os sofrimentos Poli Chilton tivesse melhorado do orgulho de família. Vejo que é a mesma de antigamente. Os Harringtons foram sempre assim, insuportáveis de orgulho de família. Então, não chegou nem a falar com ela?

— Como poderia? Estava prestar a dizer a Poliana que nunca houve um pai melhor que o meu e foi então que lembrei do envelope secreto. Por isso parei de falar, pois sem conhecer o que está nele não podia dizer nada. Deve haver ali alguma coisa que meu pai escondia e que quis manter fora do meu conhecimento até os trinta anos. Há, então, um segredo em nossas vidas, e já não posso mais viver sem conhecê-lo. Se a infelicidade tem que vir, que venha já.

— Não se preocupe antecipadamente, meu filho. Pode ser um segredo favorável.

— Seja o que for, tenho que ficar sabendo. Não posso ficar na dúvida, roendo as unhas até os trinta anos. Não estou traindo a confiança de meu pai. Estou defendendo a minha vida. Quero saber já o que há nesse envelope.

Seu John se levantou.

— Que assim seja — disse e foi abrir o cofre, onde guardara o envelope.

Ao trazê-lo, Jimmy pediu:

— Leia, meu tio, e me conte depois o que é.

Com mão firme, Seu John tomou de cima da escrivaninha uma faca de marfim e abriu o envelope. Havia dentro vários documentos e uma carta. Seu John abriu e a leu, enquanto ao lado, prendendo a respiração, Jimmy cravava os olhos em seu rosto, para detectar os menores vestígios da impressão causada pela leitura. E o que viu foi maravilhoso. O rosto de seu Pendleton foi se iluminando à medida que avançava na leitura. Jimmy não se conteve.

— Tio John, o que é? Diga logo.

— Leia você mesmo, Jimmy — respondeu o velho, passando-lhe a carta.

E Jimmy leu:

Os papéis inclusos são a prova legal de que meu filho Jimmy é realmente James Kent, filho de John Kent, casado com Doris Wetherby, de Boston. Há também uma carta na qual explico a Jimmy por que o conservei sempre afastado da família de sua mãe. Se este envelope for aberto aos trinta anos, espero que Jimmy perdoe seu pai, que, se fez isso, foi com receio de o perder e para tê-lo sempre consigo. Caso o envelope seja aberto por estranhos, peço que a família de sua mãe seja notificada de tudo e receba os documentos junto.

John Kent

Jimmy empalideceu de emoção e, olhando para seu Pendleton, balbuciou:

— Sou então o tal Jamie perdido?

— A carta diz que os documentos juntos provam — murmurou o velho.

— E sobrinho de dona Carew...

— Sem dúvida.

O rapaz ainda estava tonto, sem conseguir coordenar as ideias. De repente, seu rosto se iluminou, e ele exclamou, radiante:

— Maravilha! Quer dizer então que sei quem sou e que posso dizer à dona Poli alguma coisa sobre minha família...

— Creio que sim — disse seu John, empertigando-se. — Os Wetherbys de Boston podem traçar sua linhagem até os cruzados. Imagino que isso satisfará o orgulho daquela mulher. John Kent também pertencia a uma velha família segundo me informou dona Carew.

— Pobre papai! Que vida viveu nos últimos tempos, só para me manter ao seu lado! Posso compreender agora muita coisa que eu não entendia. Certa mulher uma vez me chamou de Jamie, e ele ficou enfurecido. Chegou a me arrancar de lá naquele mesmo dia, sem nem mesmo esperar pelo jantar. Pobre papai! Foi justamente depois desse incidente que adoeceu. Ficou com a fala atrapalhada. Lembro que ao morrer tentou me dizer alguma coisa a respeito deste envelope. Creio que era uma recomendação para que o conservasse com cuidado. Pobre papai!

— Vamos ver os outros papéis — sugeriu seu John. — Há uma carta para você. Não quer ler?

— Sem dúvida. — E depois, corando: — Mas preciso antes falar com Poliana. Já...

— Precisa, eu sei; mas primeiro deve ver dona Carew e mostrar tudo.

Jimmy pensou por uns segundos e concordou resignadamente.

— Pois irei.

— E se você não se importa, irei também. Tenho um assunto pessoal a discutir com ela. Poderemos partir às três horas.

— Ótimo!

— Não está fácil adaptar essa ideia — murmurou o moço, indo para lá e para cá pela sala. — Quero muito ver como... tia Ruth vai receber o seu verdadeiro Jamie...

— E eu — disse também seu John. — Estou pensando em mim. O que será de mim?

— O senhor, meu tio? Julga por acaso que por qualquer coisa no mundo eu possa me afastar do seu lado? Não se preocupe com isso. Dona Carew não sentirá falta de mim, porque já tem o outro Jamie. Havia me esquecido dele! Creio que vai entristecer, coitado...

— Sim, apesar de estar legalmente adotado.

— Não falo desse ponto de vista. Refiro-me ao fato de que Jamie sempre esperou ser confirmado como o verdadeiro. Mas o que posso fazer?

Houve um silêncio, no qual Jimmy retomou a sua medição de passos pela sala. De repente, deteve-se, tomado por uma ideia.

— Já sei como proceder — disse. — E dona Carew, estou certo, vai concordar. Não revelaremos nada a ninguém, exceto a ela, a Poliana e a dona Poli. O que acha?

— Ótimo. É coisa que não interessa a mais ninguém.

— Tenho agora a explicação de muita coisa — disse ele. — Aquela surpresa de dona Carew da primeira vez que me viu, lembra, tio John? Estava adivinhando...

✳ 32 ✳

COMO UMA MÁGICA

Entre os preparativos que os dois Pendletons fizeram para a partida rumo a Boston estavam duas cartas — uma para Poliana e outra para dona Poli. Ambas escritas pelo velho, sem que o moço percebesse, e entregues a um empregado com ordem de só levá-las depois que houvessem partido.

O trem já se aproximava de Boston quando seu John disse para Jimmy:

— Meu filho, tenho um favor a pedir, ou melhor dizendo, dois. O primeiro é nada de dizer a dona Carew até amanhã de tarde, e o outro é me permitir ser o mensageiro. Concorda?

— Ótimo! Isso me tira de uma séria dificuldade, porque estava justamente pensando em como faria essas explicações.

— Que bom. Combinarei pelo telefone um encontro com ela amanhã cedo. À tarde você aparecerá.

Fiel à sua promessa, Jimmy apareceu na casa de dona Carew apenas à tarde e mesmo assim ficou envergonhado ao pôr os pés no vestíbulo. Quando, porém, dona Carew surgiu, já tinha retomado o controle de si. Houve lágrimas e exclamações incoerentes. O próprio seu John teve de sacar o lenço.

— E como foi generoso de sua parte, Jimmy, o plano de não contar nada para Jamie! — disse dona Carew depois que as emoções se acalmaram. — Na verdade, Jimmy, creio que o melhor é continuar a tratá-lo assim, essa sua ideia é feliz, embora seja um sacrifício para mim. Ah, como ficaria contente se pudesse apresentá-lo à sociedade como meu sobrinho perdido!

— Sim, tia Ruth; eu... — ia dizendo o moço; mas deteve-se a uma rápida advertência de seu John, que vira Jamie e Sadie parados à porta. Jamie tinha as faces mais pálidas que o normal. Ouvira o novo tratamento dado por Jimmy à dona Carew.

— Tia Ruth! — exclamou ele, entrando, com os olhos arregalados. — Quer dizer então que... Seu John interveio.

— Sim, Jamie, e por que não? O que eu ia dizer mais tarde posso dizer neste momento. Ainda há pouco dona Carew me fez o mais feliz dos mortais respondendo sim a um pedido meu, e assim como Jimmy me chama tio John, pode muito bem chamar também desde já tia Ruth de futura dona Pendleton...

Foi um assombro geral, mas o perigo passou. Dona Carew tornou-se o centro do interesse de todos, que a atropelaram de perguntas. Enquanto isso, o velho Pendleton murmurava ao ouvido de Jimmy:

— Está vendo, seu medroso. Não vou perdê-lo, não. Fico com os dois.

As exclamações e congratulações ainda eram o ápice quando Jamie, com uma nova luz nos olhos, voltou-se para Sadie.

— Sadie — declarou ele com ar de triunfo —, o momento não pode ser melhor para contar a todos o que decidimos entre nós.

E então a história de mais aquele amor foi contada, e de como haviam combinado o casamento. Jimmy interveio.

— Está tudo muito bem para todos, mas e eu? Fico de fora, então? Se estivesse aqui uma certa moça que conheço, eu também teria uma história a contar.

— Espere, Jimmy. Deixe-me fazer como uma mágica. Com licença, dona Carew, posso chamar Mary? — disse seu Pendleton.

— Certamente — respondeu dona Carew, tão surpresa como todos os outros.

Mary apareceu à porta segundos depois.

— Pode me dizer se dona Poliana já está aí? — perguntou seu John.

— Sim, senhor. Está aqui na sala.

— Poliana, aqui! — exclamaram todos em coro, enquanto a empregada se retirava para introduzi-la.

— Sim — disse seu John. — Mandei uma carta ontem por um empregado e pedi que viesse até aqui, visto como dona Carew muito necessitava da sua presença hoje. Também escrevi a dona Poli, pedindo o seu consentimento.

Mal acabara de dizer essas palavras, a moça apareceu na sala, de olhos arregalados, sem perceber do que se tratava.

— Querida Poliana! — exclamou Jimmy, adiantando-se para recebê-la, e sem mais explicações abraçou-a e beijou-a.

— Jimmy! — balbuciou a moça em tom de censura. — Assim, na frente de tanta gente!

— Ah! Eu a beijaria hoje mesmo que estivéssemos em plena Washington Street. Olhe para este povo. São todos de casa!

Poliana correu os olhos pela sala e viu Jamie abraçado a Sadie junto a uma janela; perto estava seu John de mãos dadas com dona Carew. Poliana sorriu e deixou que Jimmy a beijasse novamente.

— Ah, Jimmy, não é esplêndido tudo isso? — murmurou emocionada. — Tia Poli já sabe e acha tudo muito bom. Está contente. E eu... e eu... imagine! Contente, CONTENTE, deste tamanho!

Jimmy se sentia pleno de felicidade.

— Que Deus faça esse contentamento durar a vida inteira! — Foi tudo o que disse enquanto a apertava de novo nos braços.

— Vai durar — suspirou Poliana com a luz da confiança nos olhos.

FIM

ASSINE NOSSA NEWSLETTER E RECEBA INFORMAÇÕES DE TODOS OS LANÇAMENTOS

www.faroeditorial.com.br

MILK SHAKESPEARE

ESTA OBRA FOI IMPRESSA EM MAIO DE 2023